LAS LÁGRIMAS DE LA JIRAFA

Alexander McCall Smith

Las lágrimas
de la jirafa

Traducción de
Marta Torent López de Lamadrid

áfrica
áfrica áfrica
áfrica áfrica áfrica
áfrica áfrica
áfrica

Umbriel

Argentina • Chile • Colombia • España
Estados Unidos • México • Uruguay • Venezuela

Título original: *Tears of the Giraffe*
Editor original: Polygon, Edimburgo
Traducción: Marta Torent López de Lamadrid

ISBN: 84-95618-39-7
Depósito legal: B. 1.720 - 2004

Fotocomposición: Ediciones Urano, S. A.
Impreso por Romanyà Valls, S. A. - Verdaguer, 1 - 08760 Capellades (Barcelona)

Impreso en España - *Printed in Spain*

Este libro está dedicado a

Richard Latcham

1

La casa del señor J. L. B. Matekoni

Al señor J. L. B. Matekoni, propietario del taller Tlokweng Road Speedy Motors, le costaba creer que mma* Ramotswe, la consumada fundadora de la Primera Agencia Femenina de Detectives de Botsuana, hubiera accedido a casarse con él. Había sido al segundo intento. La primera propuesta, que había requerido gran valor por su parte, había tenido por respuesta un rechazo, educado y pesaroso, pero, en definitiva, un rechazo. Después de eso, había supuesto que mma Ramotswe nunca volvería a casarse; que su breve y desastroso matrimonio con Note Mokoti, trompetista y aficionado al jazz, la había persuadido de que el matrimonio no era más que la receta para el dolor y el sufrimiento. Al fin y al cabo, ella era una mujer independiente, que dirigía su propia empresa y era propietaria de una cómoda casa en Zebra Drive. ¿Por qué, se preguntaba, iba una mujer como ella a cargar con un hombre, cuando un hombre podía volverse difícil de tratar una vez que hubieran intercambiado las solemnes promesas del matrimonio y se hubiera instalado en su casa? No, si él estuviera en su lugar, probablemente declinaría una propuesta de matrimonio, incluso de alguien tan eminentemente sensato y respetable como él.

Pero entonces, aquella mágica noche, sentado con ella en su porche, después de pasar la tarde arreglándole la pequeña furgoneta

* Mmagosi o mma es tratamiento de respeto en setsuana para la mujer. La palabra correspondiente para el hombre es rra. (N. de la T.)

blanca, mma Ramotswe había dicho que sí. Y lo había dicho de una forma tan sencilla e inequívocamente afectuosa, que se reafirmó en la idea de que era una de las mejores mujeres de Botsuana. Aquella noche, cuando volvió a su casa, que estaba situada cerca del viejo Defence Force Club, el señor J. L. B. Matekoni reflexionó sobre la gran suerte que tenía. Ahí estaba, a sus cuarenta y cinco años, un hombre que hasta ese momento no había podido encontrar a la mujer adecuada, y que ahora era bendecido con la mano de la mujer que más admiraba. Una suerte tan extraordinaria era casi inconcebible, y se preguntaba si de repente se despertaría del delicioso sueño en el que parecía estar sumido.

Pero era real. A la mañana siguiente, cuando encendió la radio de su mesita de noche y oyó el familiar sonido de los cencerros del ganado con el que Radio Botsuana anunciaba su emisión matutina, cayó en la cuenta de que había pasado de verdad y de que, a menos que mma Ramotswe hubiera cambiado de idea durante la noche, habían intercambiado promesas de matrimonio.

Miró el reloj. Eran las seis en punto, y el primer rayo de luz caía sobre el espino que había frente a la ventana de su dormitorio. El humo de los fuegos matutinos y el agradable olor a leña que abría el apetito pronto estarían en el aire, y oiría a la gente en los caminos que, cerca de su casa, cruzaban la sabana en todas direcciones; los gritos de los niños camino de la escuela; a los hombres medio dormidos que iban a trabajar a la ciudad; a las mujeres dándose voces, a África que se despertaba y empezaba el día. La gente madrugaba, pero sería mejor esperar una hora, o algo así, antes de llamar a mma Ramotswe; así le daría tiempo de levantarse y prepararse una taza de té de rooibos, ese té exclusivo de Suráfrica; tras lo cual, él sabía que le gustaba sentarse en el porche durante una media hora y observar los pájaros en la hierba de su jardín. Había abubillas, de rayas blancas y negras, que, como pequeños juguetes mecánicos, picoteaban insectos, y palomas con un anillo de color en el cuello, que se pavoneaban entregadas a su constante cortejo. A mma Ramotswe le gustaban los pájaros y, quizá, si le apetecía, él podría construirle una pajarera. Tal vez pudieran criar palomas, o incluso algo más grande, como hacían algunas personas, águilas ratoneras por ejemplo, aunque no estaba nada claro qué harían con ellos cuando crecieran. Sabía que cazaban serpientes y que podrían resultar útiles, pero un perro servía exactamente igual para mantener las serpientes alejadas del jardín.

De pequeño, allí, en Molepolole, el señor J. L. B. Matekoni había tenido un perro que se había convertido en un cazador de serpientes legendario. Era un animal delgado de pelaje marrón, con un par de lunares blancos y la cola rota. Lo había encontrado, abandonado y medio hambriento, en las afueras de la ciudad, y se lo había llevado a vivir con él a casa de su abuela, quien se había mostrado reacia a malgastar la comida en un animal que no tenía ninguna función aparente, pero había logrado convencerla y el perro se había quedado con ellos. Al cabo de unas cuantas semanas había demostrado su utilidad matando tres serpientes en el jardín y una en el pequeño melonar de un vecino. Desde entonces su fama estuvo asegurada y, si alguien tenía problemas con las serpientes, le pedía al señor J. L. B. Matekoni que le trajera a su perro para solucionarlo.

El perro era asombrosamente rápido. Las serpientes, al verle llegar, parecían saber que estaban en peligro de muerte. El perro, con los pelos de punta y la mirada viva de excitación, se acercaba a la serpiente con unos andares curiosos, como si caminara de puntillas. Luego, cuando estaba a pocos centímetros de su presa, emitía un suave gruñido que la serpiente percibía como una vibración del suelo. Momentáneamente confundida, la serpiente solía empezar su retirada, y era entonces cuando el perro se lanzaba sobre ella, mordiéndola con destreza detrás de la cabeza, rompiéndole la nuca y terminándose así el enfrentamiento.

El señor J. L. B. Matekoni sabía que esa clase de perros no vivía muchos años. Si llegaban a los siete u ocho años, sus reflejos empezaban a ser más lentos, de lo que las serpientes poco a poco sacaban ventaja. Finalmente, el perro del señor J. L. B. Matekoni fue víctima de una cobra egipcia y murió a los pocos minutos de ser mordido. Era imposible que otro perro lo sustituyera, pero ahora… Bueno, era sólo una posibilidad más. Podían comprar un perro y elegir el nombre entre los dos. En realidad, le sugeriría a mma Ramotswe que escogiera tanto el perro como el nombre, pues su intención era que ella no tuviera la sensación de que él estaba intentando tomar todas las decisiones. De hecho, estaría encantado de tomar el menor número de decisiones posibles. Ella era una mujer muy lista y él confiaba plenamente en su capacidad para organizar su vida en común, siempre y cuando no intentara involucrarle en sus asuntos profesionales. Eso simplemente no era lo que tenía en mente. Ella era detective; él era mecánico. Y así era como debían seguir las cosas.

La llamó poco antes de las siete. Mma Ramotswe parecía contenta de oírle y le preguntó, pues era signo de educación en setsuana, si había dormido bien.

—He dormido muy bien —dijo el señor J. L. B. Matekoni—. He soñado toda la noche con esa inteligente y bella mujer que ha accedido a casarse conmigo.

Hizo una pausa. Si mma Ramotswe pretendía anunciar un cambio de planes, ése era el momento de hacerlo.

Mma Ramotswe se echó a reír.

—Yo nunca me acuerdo de lo que he soñado —comentó—. Pero si me acordara, estoy segura de que recordaría haber soñado con ese maravilloso mecánico que pronto será mi marido.

El señor J. L. B. Matekoni sonrió aliviado. Mma Ramotswe no había cambiado de idea, seguían estando prometidos.

—Hoy iremos a comer al President Hotel —anunció él—. Tenemos que celebrar este asunto tan importante.

Mma Ramotswe se mostró conforme. Estaría lista a las doce y después, si se terciaba, quizás él la dejaría conocer su casa para ver cómo era. Ahora tendrían dos casas y habría que elegir una. Su casa de Zebra Drive tenía muchas cosas muy positivas, pero estaba bastante cerca del centro de la ciudad y no estaría mal vivir algo más lejos. La del señor J. L. B. Matekoni, próxima al antiguo aeródromo, tenía un jardín más grande y era indudablemente más tranquila, pero no estaba lejos de la cárcel, y ¿no había por allí cerca un enorme cementerio? Ése era un dato importante; si por cualquier razón tuviera que quedarse sola en casa por la noche, que el cementerio estuviera demasiado cerca no sería lo más conveniente. No es que mma Ramotswe fuera supersticiosa; sus creencias eran convencionales y dejaban poco espacio a las almas en pena y similares, y sin embargo, sin embargo...

Mma Ramotswe creía que Dios, *Modimo*, vivía en el cielo, más o menos justo encima de África. Dios era extremadamente comprensivo, en especial con gente como ella, pero incumplir sus normas, como hacía mucha gente con absoluta negligencia, era exponerse al castigo divino. No le cabía duda de que, al morir, Dios recibía con satisfacción a las personas buenas, como Obed Ramotswe, su propio padre. El destino de los demás era incierto, pero eran enviados a un lugar aterrador, tal vez un poco parecido a Nigeria, pensaba ella, y cuando reconocían sus pecados eran perdonados.

Dios había sido bueno con ella, pensó mma Ramotswe. Le había dado una infancia feliz, incluso a pesar de que su madre le había sido arrebatada siendo ella bebé. La habían cuidado su padre y la cariñosa prima del padre, y le habían enseñado qué era dar amor, amor que ella a su vez había dado, durante aquellos breves y maravillosos días, a su pequeño bebé. Terminada la lucha del bebé por sobrevivir, durante algunos meses mma Ramotswe se había preguntado por qué Dios le había hecho esto, pero con el paso del tiempo lo había entendido. Ahora esa bondad volvía a manifestarse, esta vez bajo la figura del señor J. L. B. Matekoni, un hombre afectuoso y bueno. Dios le había enviado un marido.

Tras su comida de celebración en el President Hotel, en la que el señor J. L. B. Matekoni se zampó dos filetes grandes, y mma Ramotswe, que era muy golosa, ingirió bastante más helado del que en principio iba a tomar, se fueron en la camioneta del señor J. L. B. Matekoni a ver su casa.

—No está muy ordenada —comentó nervioso el señor J. L. B. Matekoni—. Yo lo intento, pero eso a los hombres no nos resulta fácil. Tengo una asistenta, pero creo que aún es peor. Es muy desordenada.

—Podemos quedarnos con la que trabaja en mi casa —sugirió mma Ramotswe—. Todo se le da bien. Planchar, limpiar, sacar brillo. Es una de las mejores asistentas de toda Botsuana. Podríamos buscarle otro trabajo a la suya.

—Y hay partes de motores en algunas de las habitaciones —se apresuró a añadir el señor J. L. B. Matekoni—. A veces no he tenido suficiente espacio en el taller y las he guardado en casa; son piezas que vale la pena guardar, por si algún día las necesito.

Mma Ramotswe no dijo nada. Ahora entendía por qué el señor J. L. B. Matekoni no la había invitado antes a su casa. Su despacho de Tlokweng Road Speedy Motors ya dejaba mucho que desear, con toda esa grasa y esos calendarios que le enviaban los proveedores de repuestos. A su modo de ver los calendarios eran ridículos, con esas mujeres excesivamente delgadas sentadas en neumáticos y apoyadas en los coches. Esas mujeres no servían para nada. No servían para tener hijos, y ninguna tenía aspecto de tener el graduado escolar, ni siquiera de haber llegado al sexto curso de básica. Eran unas inútiles, eran chicas para pasar el rato, que lo único que hacían era calentar y alterar a los hombres, y eso no era bueno para nadie. Si los hombres supieran lo ridículos que estas mujeres los hacían parecer; pero no lo sabían, y era una pérdida de tiempo intentar explicárselo.

Llegaron al camino de entrada de la casa de su prometido y mma Ramotswe permaneció en el vehículo mientras el señor J. L. B. Matekoni abría la verja pintada de plateado. Se fijó en que el cubo de basura había sido abierto por los perros y en que había trozos de papel y otros desechos esparcidos por el suelo. Si se trasladaba aquí, si lo hacía, eso lo arreglaría pronto. En la sociedad botsuanesa era tradición que la mujer se responsabilizara de mantener el jardín en buen estado, y desde luego no le gustaría nada que la asociaran con uno como éste.

Aparcaron delante del porche, bajo un tosco cobertizo de malla que había hecho el señor J. L. B. Matekoni. Era una casa grande de líneas modernas, construida en una época en la que los arquitectos no tenían que preocuparse del espacio. Por aquel entonces se disponía de toda África, en su mayor parte sin ocupar, y nadie se molestaba en ahorrar espacio. Ahora era distinto y la gente se había empezado a preocupar por las ciudades y por cómo engullían la sabana que las rodeaba. Esta casa, un bajo *bungalow* bastante lóbrego y con tejado de planchas de cinc acanaladas, había sido construida para un funcionario de la administración colonial en tiempos del Protectorado. Las paredes de la fachada estaban enyesadas y blanqueadas, y los suelos eran de cemento rojo bruñido, dividido en grandes cuadrados. Esos suelos eran siempre fríos al tacto en los meses calurosos, aunque era difícil superar en comodidad a los suelos tradicionales de barro alisado o de estiércol de ganado.

Mma Ramotswe echó un vistazo a su alrededor. Estaban en el salón, al que se accedía directamente desde la puerta de entrada. Había unos imponentes muebles a juego, caros en su día, pero que ahora estaban en un estado notablemente deplorable. Las sillas, de anchos brazos de madera, estaban tapizadas de rojo, y había una mesa negra de madera noble con un vaso vacío y un cenicero encima. En las paredes había un cuadro de una montaña, de terciopelo oscuro, una cabeza de madera de kudu y un pequeño cuadro de Nelson Mandela. El efecto general era de lo más agradable, pensó mma Ramotswe, aunque ciertamente tenía el clásico aspecto desangelado de una casa de soltero.

—El salón es muy bonito —apuntó mma Ramotswe.

El señor J. L. B. Matekoni sonrió satisfecho.

—Intento mantenerlo limpio —repuso—. Es importante tener una habitación especial para las visitas importantes.

—¿Recibe visitas importantes? —le preguntó mma Ramotswe.

El señor J. L. B. Matekoni arqueó las cejas.

—Hasta el momento no —comentó—, pero podría pasar.

—Sí —afirmó mma Ramotswe—, nunca se sabe.

Se volvió y miró hacia una puerta que comunicaba con el resto de dependencias de la casa.

—¿Las otras habitaciones están por ahí? —preguntó educadamente.

El señor J. L. B. Matekoni asintió con la cabeza.

—Ésa es la parte de la casa que no está tan limpia —confesó—. Quizá deberíamos verla en otra ocasión.

Mma Ramotswe sacudió la cabeza y el señor J. L. B. Matekoni se dio cuenta de que no tenía escapatoria. Supuso que formaba parte del matrimonio; no podía haber secretos, todo tenía que ponerse sobre el tapete.

—Es por aquí —anunció vacilante, abriendo la puerta—. Realmente, tengo que encontrar una asistenta que haga las cosas mejor. No trabaja nada bien.

Mma Ramotswe le siguió por el pasillo. La primera puerta a la que se acercaron estaba entreabierta y se detuvo para asomarse. La habitación, que obviamente había sido un dormitorio en su día, tenía el suelo cubierto de periódicos, puestos como si fueran una alfombra. En el centro había un motor, con los cilindros a la vista, mientras que a su alrededor, en el suelo, estaban esparcidas diversas partes del mismo.

—Es un motor muy especial —comentó el señor J. L. B. Matekoni, mirándola inquieto—. Es único en Botsuana. Algún día acabaré de arreglarlo.

Siguieron adelante. La siguiente habitación era un cuarto de baño que, aunque oscuro y descuidado, estaba bastante limpio, pensó mma Ramotswe. En la esquina del lavabo, apoyada en una vieja toallita blanca para lavarse la cara, había una pastilla grande de jabón fénico. Aparte de eso, no había nada más.

—El jabón fénico va muy bien —comentó el señor J. L. B. Matekoni—. Lo he usado toda la vida.

Mma Ramotswe asintió con la cabeza. Ella prefería el jabón de aceite de palma, que era bueno para el cutis, pero entendía que a los hombres les gustara algo más tonificante. Era un cuarto de baño triste, pensó, pero al menos estaba limpio.

De las habitaciones restantes, sólo una era habitable, el comedor, que tenía una mesa en el centro y una única silla; sin embargo, el suelo estaba sucio, con un montón de polvo bajo los muebles y en cada esquina. Estaba claro que, quienquiera que se ocupara de limpiar esa habitación, no la había barrido en meses. ¿Qué hacía esta asistenta? ¿Se quedaba en la puerta hablando con sus amigas, como solían hacer todas cuando no se las vigilaba de cerca? A mma Ramotswe no le cabía la menor duda de que esta asistenta se estaba aprovechando del señor J. L. B. Matekoni, confiando en que su buen carácter le impediría echarla.

El resto de habitaciones, aunque tenían camas, estaban atestadas de cajas llenas de bujías, limpiaparabrisas y otros curiosos artículos mecánicos. Y en cuanto a la cocina, ésta, aunque limpia, estaba también prácticamente vacía, tenía sólo dos ollas, algunos platos blancos esmaltados y un pequeño cajón con cubiertos.

—Se supone que la asistenta tiene que hacerme la comida —comentó el señor J. L. B. Matekoni—. Y cocina cada día, pero siempre hace lo mismo. No como más que maíz y estofado. A veces me hace calabaza, pero no muy a menudo, y aun así siempre necesita un montón de dinero para hacer la compra.

—Es una mujer muy vaga —señaló mma Ramotswe—. Debería darle vergüenza. Si todas las mujeres de Botsuana fueran como ella, hace mucho tiempo que los hombres se habrían extinguido.

El señor J. L. B. Matekoni sonrió. Durante años su asistenta le había tenido esclavizado y él nunca había tenido el valor de enfrentarse a ella. Pero ahora quizás había encontrado la horma de su zapato en mma Ramotswe y pronto tendría que buscarse a otra persona a quien desatender.

—¿Dónde está esa mujer? —preguntó mma Ramotswe—. Me gustaría hablar con ella.

El señor J. L. B. Matekoni miró su reloj.

—No tardará en llegar —respondió—. Viene cada tarde más o menos a esta hora.

Estaban sentados en el salón cuando llegó la asistenta, que anunció su presencia cerrando de un portazo la puerta de la cocina.

—Es ella —afirmó el señor J. L. B. Matekoni—. Siempre da portazos. En todos los años que lleva trabajando aquí no ha cerrado una puerta con cuidado ni una sola vez. Siempre da portazos, siempre.

—Vayamos a verla —sugirió mma Ramotswe—. Tengo ganas de conocer a la mujer que tan bien ha cuidado de usted.

El señor J. L. B. Matekoni se dirigió hacia la cocina. Delante del fregadero, llenando una tetera de agua, había una mujer corpulenta de unos treinta y pico años. Era notablemente más alta que el señor J. L. B. Matekoni y mma Ramotswe, y, pese a estar bastante más delgada que ella, parecía considerablemente más fuerte, con los bíceps desarrollados y las piernas robustas. Llevaba un gran sombrero rojo estropeado y una bata azul encima del vestido. Sus zapatos eran de una extraña piel brillante, bastante parecida al charol usado para hacer zapatillas de baile.

El señor J. L. B. Matekoni se aclaró la garganta para avisar de su presencia y la asistenta se giró despacio.

—Estoy ocupada… —empezó a decir, pero se calló al ver a mma Ramotswe.

El señor J. L. B. Matekoni la saludó con educación, al estilo tradicional. Luego le presentó a su invitada:

—Ésta es mma Ramotswe —dijo.

La asistenta miró a mma Ramotswe y asintió con frialdad.

—Me alegro de conocerla, mma —intervino mma Ramotswe—. El señor J. L. B. Matekoni me ha hablado de usted.

La asistenta miró a su jefe.

—¡Oh! Así que le ha hablado de mí —repuso—. Me alegro. No me gustaría saber que nadie habla de mí.

—No —hizo hincapié mma Ramotswe—, es preferible que hablen de una a que no hablen. Excepto algunas veces, claro.

La asistenta frunció el ceño. La tetera ya estaba llena y la apartó del grifo.

—Estoy muy ocupada —dijo con desdén—. Hay mucho que hacer en esta casa.

—Sí —afirmó mma Ramotswe—, es cierto, hay mucho que hacer. Una casa tan sucia como ésta da mucho trabajo.

La corpulenta asistenta se encrespó.

—¿Por qué dice que esta casa está sucia? —preguntó—. ¿Quién es usted para decir que esta casa está sucia?

—Va a… —empezó a decir el señor J. L. B. Matekoni, pero una mirada de la asistenta le hizo callarse.

—Porque lo he visto —contestó mma Ramotswe—. He visto todo el polvo que hay en el comedor y la basura del jardín. El señor J. L. B. Matekoni no es más que un hombre. No se le puede pedir que limpie su propia casa.

La asistenta tenía los ojos desorbitados y miraba fijamente a mma Ramotswe, con mal disimulado rencor. Tenía las aletas de la nariz hinchadas por la ira, y los labios fruncidos en lo que parecía ser una expresión agresiva.

—Llevo muchos años trabajando para este hombre —se defendió con desagrado—, y cada día no he hecho más que trabajar, trabajar y trabajar. Le he preparado buena comida y he sacado brillo al suelo. Le he cuidado muy bien.

—Yo creo que no, mma —repuso mma Ramotswe con tranquilidad—. Si le ha alimentado bien, entonces ¿por qué está tan delgado? Un hombre bien cuidado engorda. Los hombres son como el ganado, eso lo sabe todo el mundo.

La asistenta dejó de mirar a mma Ramotswe y clavó la vista en su jefe.

—¿Quién es esta mujer? —le preguntó—. ¿Por qué ha entrado en mi cocina y me ha dicho todo esto? Por favor, dígale que vuelva al garito de donde la ha sacado.

El señor J. L. B. Matekoni tragó con fuerza.

—Le he pedido que se case conmigo —le espetó—. Va a ser mi mujer.

Al oír esto, la asistenta se vino abajo y se echó a llorar.

—¡No puede casarse con ella! ¡Acabará con usted! Es lo peor que puede hacer.

El señor J. L. B. Matekoni avanzó y puso una mano consoladora en el hombro de la asistenta.

—No se preocupe, Florence —le dijo—. Es una buena mujer. Y en cuanto a usted, me aseguraré de que encuentre otro trabajo. Uno de mis primos es el dueño del hotel que hay junto a la estación de autobuses. Necesita asistentas, y si le pido que le dé un trabajo, lo hará.

Sus palabras no tranquilizaron a la mujer.

—No quiero trabajar en un hotel, tratan a todo el mundo como esclavos —explicó—. Yo no soy una asistenta cualquiera. Soy una asistenta de alto nivel, trabajo en casas particulares. ¡Oh! ¡Oh! Estoy acabada; y usted también, si se casa con esta gorda. Le romperá la cama. Seguramente morirá muy pronto. Es el fin.

El señor J. L. B. Matekoni miró a mma Ramotswe para indicarle que debían abandonar la cocina. Sería mejor, pensó, dejar sola a la asistenta para que pudiera recuperarse en la intimidad. Se había imaginado que la asistenta no recibiría bien la noticia, pero lo que desde luego no se esperaba era que soltara tan embarazosas y molestas profecías. Cuanto antes hablara con su primo y le encontrara un nuevo trabajo, mejor.

Volvieron al salón, cerrando la puerta con fuerza al salir.

—Su asistenta es una mujer difícil —comentó mma Ramotswe.

—No es fácil —apuntó el señor J. L. B. Matekoni—, pero creo que no tenemos otra opción. Tiene que irse a trabajar a ese otro sitio.

Mma Ramotswe asintió con la cabeza. El señor J. L. B. Matekoni tenía razón. La asistenta debía irse, y ellos también. No podían vivir en esta casa, pensó, aunque tuviera un jardín más grande. Tendrían que alquilarla y trasladarse a Zebra Drive. Su asistenta era infinitamente mejor y cuidaría de ambos muy bien. En un abrir y cerrar de ojos el señor J. L. B. Matekoni empezaría a ganar peso y a tener el aspecto del próspero dueño de taller que era. Echó un vistazo a la habitación. ¿Había algo que necesitaran llevarse a su casa? La respuesta, pensó, era que probablemente no. Todo lo que el señor J. L. B. Matekoni necesitaba llevarse era una maleta con su ropa y su pastilla de jabón fénico. Nada más.

2

Llega un cliente

Tendría que hacerlo con mucho tacto. Mma Ramotswe sabía que al señor J. L. B. Matekoni le encantaría vivir en Zebra Drive, de eso estaba segura, pero los hombres tenían su orgullo y tendría que comunicarle la decisión con cuidado. No podía decirle: «Su casa está hecha una leonera; hay motores y piezas de repuesto de coche por todas partes». Tampoco podía decirle: «No me gustaría vivir tan cerca del viejo cementerio». Sería mejor enfocarlo de esta manera: «Es una casa maravillosa, con un montón de habitaciones. Los motores no me molestan en absoluto, pero estoy segura de que estará de acuerdo conmigo en que vivir en Zebra Drive es más práctico porque está cerca del centro». Así es como tendría que enfocarlo.

Ya tenía planeado cómo se organizarían tras la llegada del señor J. L. B. Matekoni a Zebra Drive. La casa de mma Ramotswe no era tan grande como la de él, pero tendrían espacio más que suficiente. Había tres habitaciones. Ellos dos se instalarían en la más grande, que era también la más silenciosa, en la parte trasera. Las otras dos habitaciones las usaba normalmente como almacén y cuarto de costura, pero podía despejar el almacén y guardar las cosas en el garaje. Así el señor J. L. B. Matekoni tendría una habitación para él solo. Dependía de él usarla para almacenar piezas de recambio o motores viejos, pero le insinuaría que estos últimos los guardara fuera.

El salón podía quedarse más o menos como estaba. Las sillas de mma Ramotswe eran infinitamente preferibles a los muebles que ha-

bía visto en la sala del señor J. L. B. Matekoni, pero tal vez él quisiera traerse el cuadro de terciopelo de la montaña y un par de sus obje-
tos de adorno. Éstos complementarían sus propias cosas, que incluí-
an la foto de su padre, su papaíto, que era como llamaba a Obed
Ramotswe, con su reluciente traje predilecto, fotografía ante la cual se
detenía tan a menudo, y que le hacía pensar en la vida de su padre y
en lo que ésta significaba para ella. Estaba convencida de que él habría dado su visto bueno al señor J. L. B. Matekoni. La había preve-
nido contra Note Mokoti, aunque no había intentado impedir el matrimonio, como hubieran hecho muchos padres. Mma Ramotswe
sabía cuáles habían sido sus sentimientos, pero era demasiado joven y
estaba demasiado enamorada del persuasivo trompetista para tener
en cuenta lo que su padre pensaba. Y cuando el matrimonio había
terminado de forma tan desastrosa, no le había dicho nada de que él
ya se temía exactamente ese final, sino que sólo se había preocupado
por su seguridad y su felicidad, como siempre había hecho. Era una
afortunada por haber tenido un padre así, pensó; hoy en día había
tanta gente sin padre, gente que estaba siendo educada por sus madres o sus abuelas y que en muchos casos no sabía ni quién era su padre. Parecían bastante felices, daba esa impresión, pero en sus vidas
siempre habría un gran vacío. Aunque quizá, si uno no sabe que tiene un vacío, no se preocupa. Si alguien fuera un ciempiés, un *tshon-
gololo*, y se arrastrara por el suelo, ¿miraría los pájaros y se lamenta-
ría por no tener alas? Probablemente no.

A mma Ramotswe le gustaban las especulaciones filosóficas,
pero sólo hasta cierto punto. Eran cuestiones, sin duda, fascinan-
tes, pero solían abrir nuevos interrogantes que simplemente no tenían
respuesta. Y llegado a ese punto uno tenía que parar, no pocas veces,
y aceptar que las cosas son como son sencillamente porque así es
como son. Por eso todo el mundo sabía, por ejemplo, que no era bueno que hubiera un hombre demasiado cerca del lugar donde una mujer estuviera dando a luz. Era algo tan obvio que apenas necesitaba
explicación. Claro que también estaban esas notables ideas de otros
países que sugerían que los hombres sí tenían que estar presentes en
los partos de sus hijos. Cuando mma Ramotswe leyó eso en una revista, se quedó boquiabierta. Pero luego se preguntó por qué un pa-

dre no debía ver nacer a su hijo y darle la bienvenida al mundo y compartir la alegría del momento, y le costó encontrar una explicación. No es que no estuviera mal, no había duda que era un gran error que un hombre estuviera allí, pero ¿cómo podía justificarse la prohibición? Finalmente, la respuesta debía de ser que estaba mal porque la antigua moralidad de Botsuana decía que estaba mal y, como todo el mundo sabía, esa moralidad, evidentemente, era correcta. Uno *sentía* que era correcta.

Ni que decir tiene que hoy en día había mucha gente que se estaba alejando de esa moralidad. Lo veía en el comportamiento de los escolares, que iban por ahí pavoneándose e importunando a la gente a su paso sin mostrar el más mínimo respeto por la gente mayor. Cuando ella era pequeña, los niños respetaban a los adultos y bajaban la vista cuando se dirigían a ellos, pero ahora los niños miraban fijamente a los ojos y contestaban con impertinencia. Precisamente el otro día, en el centro comercial, le había dicho a un chico, que le pareció que apenas tenía trece años, que recogiera una lata vacía que había tirado al suelo. El joven la había mirado asombrado, se había reído y le había dicho que la recogiera ella si quería; porque él no pensaba hacerlo. A mma Ramotswe le había sorprendido tanto su descaro que le había sido imposible dar con la respuesta apropiada, y el muchacho siguió su camino dejándola sin habla. En sus tiempos, un adulto habría cogido al niño y le habría zurrado allí mismo. Pero hoy día no se podía pegar a los hijos de los demás en la calle; crearía un enorme revuelo. Ella era una mujer moderna, claro está, y no le parecía bien zurrar, pero a veces lo dudaba. ¿Habría tirado ese chico la lata en cualquier parte de haber sabido que alguien podía darle una bofetada? Probablemente no.

Pensar en el matrimonio, en el traslado y en zurrar a los jóvenes estaba muy bien, pero sus quehaceres cotidianos la estaban esperando, es decir que mma Ramotswe tenía que abrir la Primera Agencia Femenina de Detectives el lunes por la mañana, como hacía cada día laborable de la semana, aunque hubiera pocas posibilidades de que alguien apareciera para preguntar algo o llamara por teléfono. Mma Ramotswe creía que cumplir la palabra era importante, y en el letrero de fuera ponía que el horario era de nueve de la mañana a tres de la tarde, todos los días. De hecho, nadie le había consultado nunca nada hasta bien entrada la mañana, y los clientes acostumbraban a aparecer a última hora de la tarde. Por qué era así, lo ignoraba, aunque a veces pensaba que era porque a la gente le llevaba un tiempo reunir el valor suficiente para entrar por la puerta de la agencia y reconocer lo que fuera que les preocupara.

De modo que mma Ramotswe se sentó con su secretaria, mma Makutsi, y bebió la gran taza de té de rooibos que ésta preparaba para las dos cada día al empezar la jornada. En realidad no necesitaba una secretaria, pero si se pretendía que un negocio fuera tomado en serio, era preciso tener una secretaria que cogiera el teléfono y atendiera las llamadas en su ausencia. Mma Makutsi era una mecanógrafa sumamente diestra, había sacado un noventa y siete sobre cien en sus exámenes de secretariado, y probablemente estaba desperdiciando su talento en un trabajillo como ése, pero le hacía compañía y era leal y, lo más importante de todo, era discreta.

Al contratarla, mma Ramotswe había hecho hincapié en que no debían hablar de lo que vieran, y mma Makutsi había asentido solemnemente. Mma Ramotswe no había esperado que entendiera lo que era la confidencialidad (en Botsuana a la gente le gustaba hablar de lo que ocurría), y le sorprendió que mma Makutsi comprendiera a la perfección lo que implicaba dicho término. En realidad, mma Ramotswe había descubierto que su secretaria incluso se negaba a decirle a la gente dónde trabajaba, aludiendo únicamente a un despacho «cerca del Monte Kgale». No era necesario que lo ocultara, pero al menos era señal de que con ella las confidencias de los clientes estaban a salvo.

El primer té de la mañana con mma Makutsi era un agradable ritual, pero también era útil desde un punto de vista profesional. Mma Makutsi era extremadamente observadora y escuchaba con atención cualquier chismorreo, por insignificante que fuese, que pudiera ser provechoso. Gracias a ella, por ejemplo, mma Ramotswe se había enterado de que un funcionario de rango medio del Departamento de Planificación tenía intención de casarse con la hermana de la dueña de Limpieza en Seco al Instante. Una información que podía parecer trivial, pero cuando el propietario de un supermercado había contratado a mma Ramotswe para que averiguara por qué le denegaban la licencia para abrir una tienda de limpieza en seco junto a su supermercado, le había sido útil poderle señalar que la persona que tenía que tomar esa decisión bien podía estar interesada en otro establecimiento de limpieza en seco de la competencia. Esa sencilla información era la clave del asunto; todo lo que mma Ramotswe había necesitado era hacerle ver al funcionario que en Gaborone se rumoreaba —seguramente sin justificación— que sus conexiones empresariales quizás estaban influyendo en su criterio. Por supuesto, cuando alguien se lo había comentado, ella había negado tal rumor con vehemencia y había argumentado que era imposible que hubiera una conexión entre tales empresas de limpieza en seco y los problemas que alguien pudiera estar teniendo para obtener una licencia para montar un negocio semejante. El mero pensamiento era atroz, había dicho ella.

Aquel lunes, mma Makutsi no tenía nada importante que contar. Había pasado un tranquilo fin de semana con su hermana, que era enfermera del Hospital Princess Marina. Habían comprado tela y habían empezado a hacerle un vestido a la hija de su hermana. El domingo habían ido a misa, y durante uno de los himnos una mujer se había desmayado. Su hermana había ayudado a reanimarla y le habían preparado un té en el vestíbulo, en el lateral de la iglesia. La mujer estaba demasiado gorda, dijo, y no había aguantado el excesivo calor, pero se había recuperado con rapidez y se había bebido cuatro tazas de té. La mujer era del norte, explicó la secretaria, y tenía doce hijos en Francistown.

—Eso es demasiado —comentó mma Ramotswe—. Hoy en día no es bueno tener doce hijos. El Gobierno tendría que decirle a la gente que no tuvieran más de seis. Seis es suficiente, o quizá siete u ocho, si uno puede permitirse darles de comer a todos.

Mma Makutsi estuvo de acuerdo con ella. Tenía cuatro hermanos y dos hermanas y creía que por eso sus padres no habían podido prestar la debida atención a la educación de cada uno de ellos.

—Fue un milagro que sacara un promedio de noventa y siete por ciento —comentó.

—Si sus padres hubieran tenido sólo tres hijos, habría sacado más de un ciento por ciento —observó mma Ramotswe.

—Imposible —repuso mma Makutsi—. En toda la historia de la Escuela de Secretariado de Botsuana no ha habido nadie que sacara más de un ciento por ciento. Es simplemente imposible.

Aquella mañana no tenían trabajo. Mma Makutsi limpió la máquina de escribir y sacó brillo a su mesa mientras mma Ramotswe leía una revista y escribía una carta a su prima de Lobatsi. Las horas se hacían eternas, y a las doce mma Ramotswe se disponía a cerrar la agencia para ir a comer. Pero justo cuando estaba a punto de sugerírselo a mma Makutsi, ésta cerró un cajón de golpe, metió una hoja de papel en la máquina de escribir y empezó a teclear enérgicamente. Era la señal de que había llegado un cliente.

Había aparecido un gran coche, cubierto con la ubicua y fina capa de polvo que, en la estación seca, se asentaba sobre todas las cosas, y una mujer blanca y delgada, vestida con una blusa y unos pantalones caquis había bajado del asiento contiguo al del conductor. Alzó la vista y miró rápidamente el letrero que había frente al edificio, se sacó las gafas de sol y llamó a la puerta entreabierta.

Mma Makutsi la hizo pasar mientras mma Ramotswe se levantaba para darle le bienvenida.

—Siento haber venido sin pedir hora —comentó la mujer—. Tenía la esperanza de encontrarla aquí.

—No es necesario que pida hora —repuso mma Ramotswe afectuosamente, alargando el brazo para saludarla—. Será siempre bien recibida.

Mma Ramotswe observó que la mujer le daba la mano correctamente, como manda la tradición botsuanesa, poniendo su mano izquierda sobre su antebrazo derecho como señal de respeto. La mayoría de los blancos daban la mano con mucha rudeza, utilizando una mano y dejando la otra libre para cometer todo tipo de agravios. Al menos esta mujer había aprendido algo sobre cómo comportarse.

La invitó a sentarse en la silla reservada a los clientes; mientras, mma Makutsi se ocupaba de la tetera.

—Me llamo Andrea Curtin —anunció la visita—. Alguien de mi

embajada me dijo que usted era detective y que tal vez podría ayudarme.

Mma Ramotswe arqueó las cejas.

—¿Su embajada?

—La embajada de Estados Unidos —respondió la señora Curtin—. Les pedí el nombre de alguna agencia de detectives.

Mma Ramotswe sonrió.

—Pues me alegro de que le recomendaran la mía —señaló—. ¿Qué necesita?

La mujer había enlazado las manos sobre su regazo y ahora las estaba mirando. Mma Ramotswe se fijó en que su piel estaba moteada, como la de todas las manos de los blancos cuando las exponían demasiado al sol. Quizá fuera una estadounidense que había vivido muchos años en África, como le pasaba a mucha gente. Con el tiempo su amor por África aumentaba y se quedaban, en ocasiones hasta su muerte. Mma Ramotswe entendía perfectamente por qué lo hacían. No podía imaginarse que alguien quisiera vivir en cualquier otra parte. ¿Cómo podía la gente sobrevivir en climas fríos y nórdicos, con tanta nieve, lluvia y oscuridad?

—Si le dijera que estoy buscando a alguien —contestó la señora Curtin, alzando la vista para mirar a mma Ramotswe—, estaría dando a entender que hay alguien a quien buscar. Y no creo que lo haya. De modo que supongo que debería decir que estoy intentando averiguar qué le pasó a alguien, hace ya mucho tiempo. No es que espere que esta persona esté viva. En realidad, estoy segura de que no lo está; pero quiero saber lo que pasó.

Mma Ramotswe asintió con la cabeza.

—A veces es importante saberlo —replicó—. Y siento mucho que haya perdido a alguien, mma.

La señora Curtin sonrió.

—Es usted muy amable. Pues sí, perdí a alguien.

—¿Cuándo sucedió? —preguntó mma Ramotswe.

—Hace diez años —contestó la señora Curtin—. Hace diez años que perdí a mi hijo.

Durante unos momentos hubo silencio. Mma Ramotswe dirigió la vista hacia mma Makutsi, que estaba junto al fregadero, y notó que su secretaria estaba mirando atentamente a la señora Curtin. Al darse cuenta de que su jefa tenía los ojos clavados en ella, mma Makutsi rectificó, con sentimiento de culpa, y volvió a su tarea de llenar la tetera.

Mma Ramotswe rompió el silencio.

—Lo siento mucho. Sé lo que es perder a un hijo.

—¿En serio, mma?

No estaba segura de que la pregunta tuviera una segunda intención, de que fuera un desafío, pero contestó con suavidad.

—Perdí a mi bebé. No logró sobrevivir.

La señora Curtin entornó los ojos.

—Entonces ya sabe lo que es —dijo.

Mma Makutsi ya había preparado el té y trajo una bandeja esmaltada con dos tazas. La señora Curtin cogió la suya con muestras de agradecimiento y empezó a sorber el líquido caliente y rojo.

—Le hablaré de mí —anunció la señora Curtin—, así sabrá qué me ha traído hasta aquí y por qué me gustaría que me ayudara. Me encantaría que pudiera ayudarme, pero si no puede, lo entenderé.

—Si no puedo se lo diré —aseguró mma Ramotswe—. No puedo ayudar a todo el mundo. No malgastaré nuestro tiempo ni su dinero. Le diré si puedo o no puedo ayudarla.

La señora Curtin dejó la taza y se frotó la mano contra sus pantalones caqui.

—Entonces déjeme que le explique —prosiguió— por qué hay una americana sentada en su despacho. Después, cuando haya terminado, podrá darme el sí o el no. Así de sencillo. O sí o no.

3

El muchacho de corazón africano

—Vine a África hace doce años. Tenía cuarenta y tres años y África no significaba nada para mí. Supongo que la imagen que tenía de este continente era la típica: un batiburrillo de escenas de caza, de la sabana y del Kilimanjaro alzándose por encima de las nubes. También pensaba en el hambre, en las guerras civiles, y en niños con barriga y medio desnudos mirando fijamente a la cámara, sumidos en la desesperación. Sé que todo esto no es más que una de las caras de África, y no la más importante, pero ésa era la idea que yo tenía.

»Mi marido era economista. Nos conocimos en la universidad y nos casamos poco después de graduarnos; éramos muy jóvenes, pero nuestro matrimonio duró mucho tiempo. Aceptó un trabajo en Washington y acabó en el Banco Mundial. Desempeñó puestos importantes, y podría haber hecho toda su carrera en Washington, con un ascenso detrás de otro. Pero empezó a agobiarse, y un buen día me comentó que había un puesto vacante para trabajar dos años aquí, en Botsuana, como director regional de actividades del Banco Mundial en esta zona de África. Al fin y al cabo, eso también era un ascenso, y si le servía para aplacar su desasosiego, pues lo prefería a que tuviera una aventura con otra mujer, que es la otra forma que tienen los hombres de curar su inquietud. Ya sabe qué pasa cuando los hombres se dan cuenta de que ya no son jóvenes. Les da pánico y se buscan una mujer más joven para seguir sintiéndose hombres.

»Como eso yo no lo habría soportado, accedí y vinimos con

nuestro hijo, Michael, que en aquel entonces tenía dieciocho años. Ese año tenía que entrar en la universidad, pero decidimos que pasara un año aquí con nosotros antes de irse a Dartmouth. Verá, Dartmouth es una excelente universidad estadounidense. Algunas de nuestras universidades son nefastas, pero ésa es una de las mejores. Nos sentíamos orgullosos de que tuviera una plaza allí.

»Michael aceptó venir y empezó a leer todo lo que encontraba sobre África. Cuando llegamos sabía mucho más que nosotros. Leyó todo lo que Van der Post había escrito, todos esos disparates utópicos, y después se centró en lecturas más importantes, en libros de antropólogos sobre los san, y hasta en los diarios de Moffat. Creo que se enamoró de África leyendo todos esos libros, incluso antes de haber puesto un pie en suelo africano.

»El banco nos tenía preparada una casa en Gaborone, justo detrás del edificio de la Asamblea Legislativa, donde están todas las embajadas y los altos comisionados. Yo me adapté enseguida. Aquel año las lluvias habían sido generosas y el jardín estaba bien cuidado. Había arriates y más arriates de cañacoros y calas; maravillosas buganvillas; un tupido césped kikuyu. Era un pequeño trozo de paraíso detrás de un muro alto y blanco.

»Michael se comportaba como un niño que acaba de descubrir el cofre de los tesoros. Por las mañanas se levantaba temprano y se iba con la furgoneta de Jack hasta la carretera de Molepolole, deambulaba por la sabana durante más o menos una hora y luego volvía para desayunar. Aunque no me gusta madrugar, fui con él un par de veces, y me hablaba de los pájaros que veíamos y de las lagartijas que encontrábamos y se escabullían entre el polvo; en cuestión de días ya conocía los nombres de todos. Contemplábamos el sol, que se alzaba a nuestras espaldas y notábamos su calor. Usted ya debe de saber cómo es esa zona que linda con el Kalahari, mma. A esa hora el cielo está blanco y vacío, y se respira un aire acre con el que uno no quiere sino llenar sus pulmones hasta que revienten.

»Jack estaba muy atareado con su trabajo y con toda la gente que tenía que conocer, gente del Gobierno, voluntarios estadounidenses, y yo me complací en ocuparme de la casa, en leer y en quedar para tomar café por las mañanas con quienes había congeniado. También fui voluntaria de la Clínica Metodista. Llevaba a la gente de la clínica a sus casas, que era, entre otras cosas, una buena forma de ver un poco el país. Así aprendí un montón de cosas sobre la gente de aquí.

»Creo que puedo decir que no había sido tan feliz en toda mi vida. Habíamos encontrado un país en el que la gente se trataba bien, con respeto, y donde había otros valores que no fueran la dichosa avaricia que prevalecía en mi país. En cierto modo me sentía humillada. ¡Todo lo que tenía que ver con mi país parecía tan vulgar y superficial en comparación con lo que veía en África! Aquí la gente sufría y muchos eran muy pobres, pero trataban a los demás con sensibilidad. La primera vez que oí que los africanos, aunque fueran unos perfectos desconocidos, se llamaban unos a otros hermano o hermana, me extrañó. Pero al cabo de un tiempo supe exactamente lo que significaba y empecé a pensar como ustedes. Entonces, un día una mujer me llamó hermana por primera vez y empecé a llorar, y ella no podía entender por qué de repente estaba tan enfadada. Y le dije: "No me pasa nada. Sólo estoy llorando. Sólo estoy llorando". Me hubiera encantado llamar a mis amigas "hermanas", pero hubiera sonado forzado y no me salía. Así es como me sentía. Estaba aprendiendo cosas. Había venido a África y estaba aprendiendo.

»Michael empezó a estudiar setsuana y aprendía rápido. El señor Nogana venía cuatro días a la semana a casa a darle clases. Debía de tener casi setenta años, era un profesor jubilado, un hombre muy serio. Llevaba unas gafas redondas y pequeñas con un cristal roto. Me ofrecí a comprarle uno porque pensé que no tendría suficiente dinero para cambiarlo, pero sacudió la cabeza y me dijo que veía bastante bien y que, gracias, pero no sería necesario. Se sentaban en el porche y el señor Nogana repasaba con él la gramática setsuana y nombraba todo lo que veían: las plantas del jardín, las nubes del cielo, los pájaros.

»—Su hijo aprende rápido —me dijo—. Tiene un corazón africano. Sólo tengo que enseñarle a ese corazón a hablar.

»Michael hizo amigos. Había bastantes estadounidenses en Gaborone, algunos de los cuales tenían más o menos su misma edad, pero no se interesó mucho por ellos ni por otros chicos expatriados, que estaban allí con sus padres diplomáticos. Le gustaba la compañía de los nativos o de la gente que sabía cosas de África. Pasaba mucho tiempo con un joven surafricano exiliado y con un hombre que había sido médico voluntario en Mozambique. Eran gente seria, a mí también me gustaban.

»Al cabo de unos cuantos meses empezó a pasar cada vez más tiempo con un grupo de gente que vivía en una vieja casa en las afueras de Molepolole. En ella había una chica, una afrikáner, que había venido de Johanesburgo unos años antes tras haber tenido algún problema con la policía al otro lado de la frontera. Había también un alemán de Namibia, un hombre con barba y larguirucho y con ideas sobre el desarrollo agrícola, y mucha gente de Mochudi que había trabajado en el movimiento local de brigadas. Para que me entienda, era una especie de comuna, pero no quisiera que me malinterpretara. Para mí una comuna es un sitio en el que los hippies se reúnen y fuman *maría*. Pero esto era muy distinto. Esta gente era muy seria y lo que realmente querían hacer era cultivar hortalizas en un suelo muy árido.

»La idea había sido de Burkhardt, el alemán. Creía que la agricultura en tierras áridas como Botsuana y Namibia podía dar un vuelco si se cultivaban las cosechas bajo toldos de malla y se regaban con gotitas de agua a través de tubos. Ya debe de haber visto cómo funciona, mma: de un delgado tubo sale un conducto del que a su vez cae una gota directamente en la tierra, en la base del tallo. Realmente funciona. He visto hacerlo.

»Burkhardt quería montar una cooperativa en esa zona, con base en la vieja granja. Había conseguido reunir algo de dinero de aquí y de allí y habían hecho un claro en la maleza y excavado un pozo. Habían logrado convencer a un buen número de vecinos de que se sumaran a la cooperativa, y la primera vez que fui con Michael, ya estaban produciendo una buena cosecha de calabazas y pepinos. Los vendieron a los hoteles de Gaborone y también al hospital.

»Michael pasaba cada vez más tiempo con esta gente, y al final nos dijo que quería irse a vivir con ellos. Al principio me preocupé un poco, qué madre no lo haría, pero lo aceptamos cuando nos dimos cuenta de lo que significaba para él hacer algo por África. De modo que le llevé hasta allí un domingo por la tarde y allí le dejé. Dijo que volvería a la ciudad a la semana siguiente y que vendría a vernos, cosa que hizo. Parecía pletórico, casi excitado, ante la idea de vivir con sus nuevos amigos.

»Le veíamos mucho. La granja sólo estaba a una hora de distancia de la ciudad y venían a diario para traer productos o hacerse con provisiones. Uno de los botsuanos, que había estudiado enfermería, había montado una especie de clínica para tratar enfermedades leves. Desparasitaban a los niños, les ponían fungicidas en las infecciones y cosas por el estilo. El Gobierno los proveyó de algunos medicamentos, y Burkhardt consiguió el resto de diversas empresas que estaban encantadas de deshacerse de fármacos caducados que aún estaban en perfecto estado. Por aquel entonces el doctor Merriweather estaba en el Hospital Livingstone, y de vez en cuando iba a verlos para comprobar que todo estuviera en orden. En una ocasión me dijo que el enfermero era tan bueno como la mayoría de los médicos.

»Se acercaba el momento en que Michael tenía que regresar a Estados Unidos. Tenía que estar en Dartmouth en la tercera semana de agosto, y a finales de julio nos dijo que no pensaba volver, que quería quedarse en Botsuana durante al menos un año más. Sin saberlo nosotros, se había puesto en contacto con Dartmouth y habían accedido a guardarle la plaza hasta el año siguiente. Imagínese mi preocupación. En Estados Unidos hay que ir a la universidad, porque de lo contrario no se encuentran trabajos decentes. Y yo ya veía a Michael dejando los estudios y pasando el resto de su vida en una comuna. Supongo que muchos padres habrán pensado lo mismo cuando sus hijos han perdido la cabeza por un ideal.

»Jack y yo lo hablamos durante horas, y me convenció de que lo mejor era que Michael hiciera lo que se había propuesto. Si intentábamos que cambiara de idea, era posible que se obcecase y se negase en redondo a ir. Si le apoyábamos en sus planes, quizás estaría más feliz cuando, al igual que nosotros, se fuese al término del año siguiente.

»—Lo que está haciendo está muy bien —dijo Jack—. A su edad, la mayoría no piensan más que en sí mismos. Y él no es así.

»Y lo cierto es que tenía razón. Parecía correcto hacer lo que él hacía. Botsuana era un lugar donde la gente creía que ese tipo de trabajos podía marcar la diferencia. No olvide que la gente tenía que hacer algo para demostrar que realmente existía una alternativa para todo lo que estaba pasando en Suráfrica. En aquella época Botsuana era un modelo a seguir.

»Así que Michael se quedó allí y, naturalmente, cuando llegó el momento de irnos no quiso acompañarnos. Dijo que aún tenía trabajo que hacer y que quería dedicarse a él algunos años más. La granja estaba prosperando; habían excavado bastantes pozos más y daban trabajo a veinte familias. Era demasiado importante para tirar la toalla.

»Ya me lo había temido; creo que los dos nos lo habíamos temido. Tratamos de convencerle, pero no hubo forma. Además, por aquel entonces estaba saliendo con una surafricana que tenía seis o siete años más que él. Pensé que tal vez fuera ella el motivo de que quisiera quedarse y nos ofrecimos a ayudarla para que viniese con nosotros a Estados Unidos, pero se negó a considerar la propuesta. Nos dijo que era África lo que le retenía aquí; que estábamos equivocados si pensábamos que era algo tan simple como una relación con una mujer.

»Le dejamos con una cantidad de dinero sustanciosa. Tengo la suerte de contar con un capital que me dio mi padre y no me suponía gran cosa dejarle un dinero. Sabía que corría el riesgo de que Burkhardt le persuadiera a invertirlo en la granja o a usarlo para construir un embalse o algo así. Pero me daba igual. Me sentía más segura sabiendo que, si lo necesitaba, tenía dinero en Gaborone.

»Regresamos a Washington. Por extraño que parezca, cuando volvimos me di cuenta exactamente de qué era lo que le había impedido a Michael volver. Allí todo parecía tan falso y, no sé, agresivo. Echaba de menos Botsuana, y no pasó un solo día, ni uno solo, en que no lo pensara. Era como un dolor. Habría dado cualquier cosa por poder salir de mi casa y detenerme bajo un espino, o levantar la mirada y ver un inmenso cielo blanco. O escuchar voces africanas llamándose unas a otras por las noches. Echaba de menos incluso el calor de octubre.

»Michael nos escribía cada semana. Sus cartas estaban llenas de noticias de la granja. Me contó cómo estaban los tomates y que los insectos habían atacado a las espinacas. Para mí era todo muy vívido y doloroso; porque me hubiera encantado estar allí haciendo lo que él hacía, sintiéndome útil. Nada de lo que yo hacía significaba nada para nadie. Acepté un par de trabajos benéficos, trabajé en un proyecto de alfabetización, llevé libros de la biblioteca a ancianos que vivían en las afueras; pero no se podía comparar con lo que mi hijo estaba haciendo en África, a tantos kilómetros de distancia.

»Entonces hubo una semana en que no recibimos ninguna carta, y al cabo de un par de días nos llamaron de la Embajada de Estados Unidos en Botsuana. Les habían comunicado que mi hijo había desaparecido. Nos dijeron que se estaban ocupando del asunto y que nos dirían algo en cuanto tuvieran cualquier novedad.

»Vine de inmediato, y en el aeropuerto me recibió alguien de la embajada a quien conocía. Me explicó que Burkhardt había avisado a la policía de que Michael, sin más, había desaparecido una noche. Comían siempre todos juntos y él había comido con ellos. Después nadie le vio. La surafricana ignoraba su paradero, y la furgoneta que había comprado tras nuestro viaje de regreso seguía en el cobertizo. No había ninguna pista de lo que había sucedido.

»La policía había interrogado a todos los de la granja, pero no había averiguado nada. Nadie le había visto ni tenía idea de lo que podía haberle pasado. Era como si se lo hubiera tragado la tierra.

Fui a la granja la tarde en que llegué. Burkhardt estaba muy preocupado y trató de tranquilizarme diciéndome que aparecería de un momento a otro. Pero no era capaz de explicarse qué podía haber impulsado a Michael a irse sin decir ni una palabra a nadie. La surafricana estaba taciturna. Por alguna razón desconfiaba de mí y habló muy poco. A ella tampoco se le ocurría por qué Michael podía haber desparecido.

»Estuve aquí un mes. Pusimos anuncios en los periódicos y ofrecimos una recompensa a quien nos diera información de su paradero. Hice varios viajes a la granja, pensando en todas las posibilidades imaginables. Contraté un rastreador para que explorara la zona de matorrales, y buscó durante dos semanas antes de darse por vencido. No había nada que encontrar.

»Finalmente, llegaron a la conclusión de que, una de dos: o alguien, por el motivo que fuese, le había atacado, probablemente en el transcurso de un robo, y se había llevado el cuerpo; o había sido agredido por un animal salvaje, quizá por un león, que habría venido desde el Kalahari. No era muy común encontrarse un león tan cerca de Molepolole, pero podía ser. Aunque de ser así, el rastreador habría dado con alguna pista, y no tenía ninguna. Ni rastro. Ninguna deyección de animal extraña. Nada.

»Volví a venir al mes siguiente, y otra vez al cabo de unos cuantos meses. Todo el mundo se mostraba comprensivo, pero al final se hizo patente que no tenían nada más que decirme. De modo que dejé el asunto en manos de la embajada, que de vez en cuando llamaba a la policía para saber si había alguna novedad. Nunca la había.

»Jack murió hace seis meses. Llevaba algún tiempo enfermo de cáncer de páncreas y ya me habían advertido que no había posibilidades. Pero después de su muerte, decidí que, por última vez, tenía que volver a intentar hacer algo para averiguar qué le había pasado a Michael. Puede que le parezca raro que alguien siga peleando por algo que ocurrió hace diez años; pero es que quiero saberlo. Sólo quiero saber qué le pasó a mi hijo. No espero encontrarle. He aceptado su muerte, pero me gustaría poder cerrar ese capítulo y pasar página. Eso es todo. ¿Me ayudará? ¿Intentará averiguarlo? Antes me ha dicho que perdió a su hijo. Debe de saber cómo me siento. Lo sabe, ¿verdad? Es una tristeza que no se va nunca. Nunca.

Durante unos instantes, después de que la visita hubiera terminado su relato, mma Ramotswe permaneció callada. ¿Qué podía hacer por esta mujer? ¿Qué podía ella averiguar, si la policía de Botsuana y la embajada ya lo habían intentado sin éxito? Probablemente no había nada que pudiera hacer; sin embargo, esta mujer necesitaba ayuda, y si la Primera Agencia Femenina de Detectives no se la prestaba, ¿quién lo haría?

—La ayudaré —dijo. Y añadió—: hermana.

4

En el orfanato

El señor J. L. B. Matekoni observaba la vista que había desde su despacho de Tlokweng Road Speedy Motors. Tenía dos ventanas, una de las cuales daba directamente al taller, donde sus dos jóvenes aprendices estaban atareados levantando un coche con un gato. Se dio cuenta de que lo estaban haciendo mal, a pesar de sus constantes advertencias acerca del peligro que entrañaba. Uno de ellos ya había sufrido un accidente con la hoja de un ventilador y no había perdido un dedo de milagro; pero persistían en sus prácticas inseguras. El problema, naturalmente, era que apenas si tenían diecinueve años. A esa edad, todos los jóvenes son inmortales y se creen que vivirán eternamente. «Ya se darán cuenta —pensó el señor J. L. B. Matekoni, sombrío—. Ya se darán cuenta de que son como todos los demás.»

Giró la silla y miró por la otra ventana. Esta vista era más agradable: tras el patio del garaje podía verse un grupo de acacias que se erguían entre los espinosos y secos matorrales y, a lo lejos, como islas que emergieran de un mar verde grisáceo, las colinas solitarias que apuntaban hacia Odi. Era media mañana y el clima era apacible. A mediodía, una neblina caliente causaría la impresión de que las colinas bailaban y rielaban. Como entonces haría demasiado calor para trabajar, se iría a casa a comer. Se sentaría en la cocina, que era la parte más fría de la casa, se comería el maíz y el estofado que su asistenta le preparaba, y leería el *Botswana Daily News*. Después, inevitablemente, daría una cabezada antes de volver al taller a trabajar toda la tarde.

Los aprendices comían en el taller, sentados en un par de tambores de aceite puestos boca abajo que habían colocado debajo de una de las acacias. Desde esa ventajosa posición veían pasar a las chicas y les hacían esas bromas tan poco graciosas que, al parecer, les divertían tanto. El señor J. L. B. Matekoni, que las había oído, las encontraba malísimas.

—¡Qué guapa eres! ¿Tienes coche? Yo podría arreglártelo. ¡Podría hacer que fueras mucho más rápido!

Lo que ocasionaba risas entrecortadas y una aceleración del paso de las dos jóvenes mecanógrafas de la oficina del Departamento de Aguas.

—¡Estás demasiado delgada! ¡No comes suficiente carne! ¡Una chica como tú necesita comer más carne para poder tener un montón de niños!

—¿De dónde has sacado esos zapatos? ¿Son Mercedes-Benz? ¡Zapatos rápidos para chicas rápidas!

«¡Será posible!», dijo para sí el señor J. L. B. Matekoni. A su edad él nunca se había comportado de esa manera. Había realizado su aprendizaje en los talleres de motores diésel de la Compañía de Autobuses de Botsuana y jamás habrían tolerado semejante conducta. Pero así era como se comportaban los jóvenes de hoy en día y no podía hacer nada al respecto. Lo había hablado con ellos, recalcándoles que la reputación del taller dependía tanto de él como de ellos. Le habían mirado desconcertados, y él se había dado cuenta de que simplemente no le entendían. Nadie les había enseñado lo que era tener una reputación; era un concepto que los superaba. Eso le había deprimido, y había pensado en escribirle una carta al ministro de Educación hablándole de ello y sugiriéndole que a la juventud de Botsuana se le enseñaran unos principios morales básicos, pero la carta, una vez escrita, sonaba tan pomposa que decidió no enviarla. Ése era el problema, pensó. Hoy en día, si uno hacía cualquier comentario sobre la educación, sonaba anticuado y pomposo. Por lo visto, la única forma de parecer moderno era decir que la gente podía hacer lo que quisiera, cuando quisiera y sin importar lo que los demás pensaran. Ésa era la forma de pensar moderna.

◆ ◆ ◆

El señor J. L. B. Matekoni apartó la vista y miró su mesa y la página de su agenda. Tenía escrito que hoy era el día en que tenía que ir al orfanato; si salía de inmediato, podía ir antes de comer y estar de vuelta a tiempo para comprobar el trabajo de sus aprendices antes de que los propietarios vinieran a recoger sus coches a las cuatro en punto. No les pasaba nada grave a los coches. Todo lo que necesitaban era una revisión de rutina, y eso entraba perfectamente en el abanico de habilidades de los aprendices; aunque tenía que vigilarlos. Les gustaba alterar los motores de tal forma que desarrollaran el máximo de su potencia, y a menudo tenía que rebajar la puesta a punto antes de que abandonaran el taller.

—No tenemos que convertirlos en coches de carreras —les recordaba—. A la gente que conduce estos coches no le gusta correr como a vosotros. Son ciudadanos respetables.

—Entonces, ¿por qué nos llamamos Speedy Motors*? —preguntó uno de los aprendices.

El señor J. L. B. Matekoni había mirado al joven. En ocasiones le entraban ganas de chillarle, quizás ésta era una de ellas, pero siempre controlaba su mal genio.

—Nos llamamos Tlokweng Road Speedy Motors —repitió con paciencia— porque nuestro *trabajo* es rápido. ¿Entiendes la diferencia? No hacemos esperar al cliente días y días como hacen algunos talleres. Como os he dicho muchas veces, trabajamos con rapidez y esmero.

—A algunas personas les gustan los coches rápidos —intervino el otro aprendiz—. Hay gente a la que le gusta correr.

—Es posible —repuso el señor J. L. B. Matekoni—, pero no todo el mundo es así. Hay gente que sabe que ir rápido no siempre es la mejor manera de llegar a un sitio, ¿no? Es mejor llegar tarde que no llegar, ¿o no?

Los aprendices le habían mirado con fijeza sin entender nada y él había suspirado; de nuevo la culpa era del ministro de Educación y sus ideas modernas. Esos dos chicos jamás serían capaces de entender ni la mitad de lo que les decía; y un día de éstos tendrían un accidente serio.

* Motores rápidos (*N. de la T.*)

◆ ◆ ◆

Se dirigió en coche al orfanato y, como siempre hacía, tocó enérgicamente el claxon al llegar a la verja. Disfrutaba con esas visitas por más de un motivo. Naturalmente, le gustaba ver a los niños y solía llevar un puñado de caramelos, que repartía cuando éstos se acercaban a él. Pero también le gustaba ver a Silvia Potokwane, la directora. Había sido amiga de su madre y la conocía de toda la vida. Por eso era lógico que fuera él quien se ocupara del arreglo de cualquier aparato, así como del mantenimiento de las dos camionetas y del viejo y abollado minibús, que era el medio de transporte del orfanato. No cobraba por ello, pero tampoco lo esperaba. Todos los que podían ayudaban al orfanato, y si le hubiesen pagado, tampoco habría aceptado el dinero.

Mma Potokwane estaba en su despacho cuando él llegó. Se asomó a la ventana y le hizo señas para que entrara.

—El té está listo, señor J. L. B. Matekoni —chilló—. Si se da prisa, también tendrá bizcocho.

Estacionó la camioneta bajo las sombreadas ramas de un baobab. Ya habían aparecido algunos niños, que saltaban a su lado mientras se abría paso hacia el despacho.

—¿Habéis sido buenos, niños? —preguntó el señor J. L. B. Matekoni, metiendo las manos en los bolsillos.

—Muy buenos —respondió el mayor de los niños—. Esta semana nos hemos portado muy bien. Estamos agotados de la cantidad de cosas que hemos hecho bien.

El señor J. L. B. Matekoni se rió entre dientes.

—En tal caso, puede que os dé caramelos.

Le dio un puñado de caramelos al mayor de los niños, que los cogió educadamente, con las dos manos extendidas, según la costumbre de Botsuana.

—No mime a los niños —gritó mma Potokwane desde la ventana—. Precisamente ésos se portan fatal.

Los niños se rieron y se fueron corriendo; mientras, el señor J. L. B. Matekoni entró en el despacho. En su interior estaba mma Potokwane, su marido, que era un policía retirado, y dos de las supervisoras. Todos tenían una taza de té y un plato con un trozo de bizcocho de frutas.

El señor J. L. B. Matekoni dio un sorbo a su té mientras mma Potokwane le explicaba los problemas que tenían con una de las bombas del pozo. Al cabo de menos de media hora de uso la bomba se recalentaba y les preocupaba que se parara del todo.

—Es el aceite —dijo el señor J. L. B. Matekoni—. Una bomba sin aceite se calienta. Debe de haber un escape. Alguna junta rota o algo así.

—Y también están los frenos del minibús —apuntó mma Potokwane—. Hacen un ruido muy extraño.

—Son las pastillas de freno —aclaró el señor J. L. B. Matekoni—. Ya es hora de que las cambiemos. En esta época del año les entra mucho polvo y se desgastan. Les echaré un vistazo, pero es probable que tengan que traer el minibús al taller para que las cambie.

Asintieron, y la conversación desembocó en acontecimientos del orfanato. A uno de los huérfanos acababan de darle un trabajo para el que tenía que trasladarse a Francistown. Otro de los muchachos había recibido un par de zapatillas para correr de un sueco caritativo que de vez en cuando hacía donaciones. Era el mejor corredor del orfanato y ahora podría participar en competiciones. Entonces hubo un silencio, y mma Potokwane miró expectante al señor J. L. B. Matekoni.

—Me han llegado buenas noticias —comentó pasados unos instantes—. Me he enterado de que se casa.

El señor J. L. B. Matekoni se miró los zapatos. Que él supiera, no se lo habían dicho a nadie, pero eso no era suficiente para impedir que las noticias se propagasen por Botsuana. Seguro que había sido su asistenta, pensó. Debía de habérselo dicho a otra asistenta, y ésta, a su vez, a sus jefes. Ya debía de saberlo todo el mundo.

—Voy a casarme con mma Ramotswe —empezó a explicar—. Es...

—Es la detective, ¿no? —le interrumpió mma Potokwane—. Ya sé quién es. Su vida se volverá muy emocionante. Se pasará el día entero escondiéndose, espiando a la gente.

El señor J. L. B. Matekoni suspiró.

—No haré tal cosa —dijo—. No voy a ser detective. Ése es el trabajo de mma Ramotswe.

Mma Potokwane parecía verdaderamente decepcionada. Pero enseguida se animó.

—Supongo que le comprará una sortija —comentó—. Las mujeres prometidas de hoy en día deben llevar un diamante para que se sepa que están prometidas.

El señor J. L. B. Matekoni la miró fijamente.

—¿Es necesario? —preguntó.

—Es imprescindible —respondió mma Potokwane—. En cualquier revista que hojee verá que anuncian sortijas. Dicen que son para los compromisos.

El señor J. L. B. Matekoni estaba callado. Luego preguntó:

—Los diamantes son bastante caros, ¿no?

—Muy caros —contestó una de las supervisoras—. Un diamante pequeño cuesta mil pulas.

—Y más —intervino mma Potokwane—. Hay diamantes que valen doscientas mil pulas. Un solo diamante.

El señor J. L. B. Matekoni parecía desalentado. No era un hombre rico, y era tan generoso haciendo regalos como lo era con su tiempo, pero estaba en contra de cualquier gasto inútil, y creía que gastarse tanto dinero en un diamante, aunque fuera para una ocasión especial, era un auténtico derroche.

—Lo hablaré con mma Ramotswe —dijo con seguridad para zanjar el delicado tema—. A lo mejor no le gustan los diamantes.

—Sí —repuso mma Potokwane—, seguro que le gustarán. A todas las mujeres les gustan. Es algo en lo que todas coinciden.

El señor J. L. B. Matekoni se puso en cuclillas y examinó la bomba. Tras tomarse el té con mma Potokwane había recorrido el camino que conducía al cuarto de máquinas. Era uno de esos extraños caminos que da la sensación de que no conducen a ninguna parte pero que, finalmente, llegan a su destino. El camino daba una amplia vuelta bordeando unos campos de calabazas, luego atravesaba un *donga*, una honda zanja muy erosionada, y moría enfrente de la caseta que protegía la bomba. Al cuarto de máquinas le daba sombra el follaje en forma de paraguas de unos espinos, que, cuando el señor J. L. B. Matekoni llegó, proporcionaban un agradable círculo de sombra. En una cabaña con tejado de planchas de cinc, como la que albergaba la bomba, el calor podía volverse insoportable al estar en contacto directo con los rayos del sol, lo cual no ayudaba a las máquinas del interior.

El señor J. L. B. Matekoni dejó su caja de herramientas a la entrada de la cabaña y abrió la puerta con cautela. En sitios como ése iba con cuidado porque eran idóneos para las serpientes. Por alguna razón a las serpientes parecían gustarles las máquinas, y más de una vez se había encontrado una serpiente soñolienta enroscada en alguna parte de alguna máquina en la que estaba trabajando. Ignoraba por qué lo hacían; debía de estar relacionado con el calor y el movimiento. ¿Soñaban las serpientes con algún lugar idílico? ¿Creían que en algún lugar había un cielo para ellas, donde todo estaba a ras del suelo y nadie podía pisarlas?

Sus ojos tardaron unos instantes en adaptarse a la oscuridad del interior, pero muy pronto vio que no había de qué preocuparse. La bomba era accionada por un gran volante impulsado por un anticuado motor diésel. El señor J. L. B. Matekoni suspiró. Ahí estaba el problema. Por lo general, los motores diésel viejos eran fiables, pero llegaba un momento en que sencillamente había que jubilarlos. Se lo había insinuado a mma Potokwane, pero ésta siempre salía con que el dinero había que gastarlo en otros proyectos más urgentes.

—Pero el agua es lo más importante de todo —le decía el señor J. L. B. Matekoni—. Si no riegan las verduras, ¿qué comerán los niños?

—Dios proveerá —comentaba mma Potokwane con tranquilidad—. Algún día nos enviará un motor nuevo.

—Tal vez sí —replicaba el señor J. L. B. Matekoni—, o tal vez no. A veces a Dios no le interesan mucho los motores. Yo me ocupo de los coches de bastantes pastores religiosos y todos tienen problemas. Los siervos de Dios no son muy buenos conductores.

Ahora, ante la evidencia de la muerte del motor, cogió la caja de herramientas, extrajo de ella una llave inglesa ajustable y empezó a desmontar su carcasa. Enseguida estuvo completamente absorto en el trabajo, como un cirujano ante un paciente anestesiado, y dejó al descubierto el fuerte y metálico corazón del motor. En su día había sido un motor excelente, producido por una fábrica de algún lugar muy remoto; un motor leal, con carácter. Al parecer, en la actualidad todos los motores eran japoneses y estaban hechos por robots. Evidentemente, eran de fiar porque las piezas las montaban con cuidado y esmero, pero para un hombre como el señor J. L. B. Matekoni eran más blandos que el pan. No tenían nada, carecían de fuerza e idiosincrasia; por lo que arreglar un motor japonés no suponía reto alguno.

A menudo había reflexionado sobre lo triste que era que la siguiente generación de mecánicos tal vez nunca tuviera que arreglar uno de esos motores de antaño. A todos se los preparaba para arreglar motores modernos que precisaban de ordenadores para detectar qué problema tenían. Cuando alguien le llevaba al señor J. L. B. Matekoni un Mercedes-Benz al taller, se le caía el alma a los pies. Como no tenía ninguna de esas nuevas máquinas de diagnóstico necesarias, ya no podía tener a su cargo ese tipo de coches. Sin ese aparato, ¿cómo iba a saber si una diminuta pastilla de silicio de algún rincón inaccesible del motor estaba emitiendo la señal errónea? Se sentía tentado a decir que esos conductores deberían tener un ordenador que arreglara sus coches y no un mecánico de carne y hueso, pero, naturalmente, no lo decía, y hacía lo que podía con la brillante superficie de acero que había bajo la cubierta de dichos vehículos; pero no ponía el alma en ello.

El señor J. L. B. Matekoni acababa de extraer los cabezales de los cilindros del motor de la bomba y los estaba escudriñando. Era exactamente lo que se había imaginado: ambos cilindros estaban combados y pronto necesitarían ser rectificados. Y cuando sacó los pistones vio que los anillos estaban abollados y desgastados, como si tuvieran artritis. Eso afectaba drásticamente a la eficacia del motor, lo que se traducía en pérdida de combustible y menos agua para las hortalizas de los huérfanos. Tendría que hacer cuanto pudiera. Cambiaría algunas de las juntas para taponar la pérdida de aceite y prepararía el motor para rectificarlo dentro de un tiempo. Pero llegaría un momento en que nada de eso serviría, y entonces, pensaba, habría que comprar uno nuevo.

Le sobresaltó un ruido que oyó a sus espaldas. El cuarto de máquinas era un lugar tranquilo y hasta entonces no había oído más que el reclamo de los pájaros en las acacias. Pero éste era un ruido humano. Miró a su alrededor; no vio nada. Volvió a oír algo que se movía entre los arbustos, un chirrido como el de una rueda sin lubrificar. A lo mejor uno de los huérfanos estaba empujando una carretilla, o uno de esos coches de juguete que les gustaba hacer a los niños con trozos de hojalata y alambre viejo.

El señor J. L. B. Matekoni se limpió las manos con un trapo que volvió a guardarse en el bolsillo. Daba la impresión de que el ruido se estaba aproximando, y entonces la vio, emergiendo de los arbustos que oscurecían los recovecos del camino: una silla de ruedas impulsada por una chica. Cuando ésta levantó la vista y miró al frente, y vio al señor J. L. B. Matekoni, se detuvo, sus manos estaban agarradas a los cantos de las ruedas. Se miraron fijamente durante unos instantes, y después ella le sonrió y recorrió los últimos metros de camino que quedaban.

Le saludó cortésmente, como haría una niña bien educada.

—Espero que esté usted bien, rra —dijo, ofreciéndole la mano derecha y poniendo la izquierda sobre el antebrazo en señal de respeto.

Se dieron la mano.

—Y yo espero que mis manos no estén demasiado sucias con aceite —repuso el señor J. L. B. Matekoni—. He estado trabajando en la bomba.

La chica asintió con la cabeza.

—Le he traído un poco de agua, rra. Mma Potokwane me dijo que no se había traído nada de beber y que quizá tuviera sed.

Metió la mano en una bolsa que estaba debajo del asiento y extrajo de ella una botella.

El señor J. L. B. Matekoni la cogió agradecido. Justo había empezado a tener sed y a arrepentirse de no haberse traído agua. Dio un trago, mirando a la chica mientras lo hacía. Aún era una niña, debía de tener unos once o doce años, y su cara tenía una expresión franca y simpática. Llevaba el pelo trenzado y atado con abalorios; un vestido azul desteñido, casi blanco de tanto lavarlo, y un par de zarrapastrosas zapatillas en los pies.

—¿Vives aquí? —le preguntó el señor J. L. B. Matekoni—. ¿En la granja?

Ella asintió con la cabeza.

—Llevo aquí casi un año —respondió—. Estoy con mi hermano pequeño. Tiene sólo cinco años.

—¿De dónde sois?

Miró al suelo.

—De cerca de Francistown. Mi madre está muerta. Murió hace tres años, cuando yo tenía nueve. Vivíamos con una mujer, en el corral de su casa. Luego nos dijo que teníamos que irnos.

El señor J. L. B. Matekoni no dijo nada. Mma Potokwane le había contado la historia de algunos de los huérfanos, y cada vez notaba que se le encogía el corazón. Antiguamente no había niños sin familia; todos tenían a alguien que los cuidara. Pero las cosas estaban cambiando, y ahora había huérfanos. Y eso pasaba sobre todo porque había una enfermedad que estaba asolando África. Ahora había muchos más niños sin padres, y el orfanato era tal vez el único sitio al que algunos de ellos podían ir. ¿Era esto lo que le había pasado a esta chica? ¿Y por qué iba en silla de ruedas?

Dejó de pensar. De nada serviría especular con cosas por las que uno poco podía hacer. Había preguntas más apremiantes por responder, como por qué la silla de ruedas hacía un ruido tan raro.

—Tu silla chirría —comentó—. ¿Lo hace siempre?

Ella sacudió la cabeza en señal de negación.

—Empezó hace unas cuantas semanas. Creo que tiene algo estropeado.

El señor J. L. B. Matekoni se agachó e inspeccionó las ruedas. Nunca había arreglado una silla de ruedas, pero saltaba a la vista dónde estaba el problema. Los cojinetes estaban polvorientos y secos, un poco de aceite haría maravillas en ellos, y el freno se encasquillaba. Eso explicaba el ruido.

—Te sacaré en brazos de la silla —comentó—. Te sentaré junto al árbol mientras la arreglo.

La levantó en brazos y la sentó con cuidado en el suelo. Luego, poniendo la silla boca abajo, arregló el bloqueo del freno y reajustó la palanca que lo accionaba. Puso aceite en los cojinetes y probó qué tal giraban las ruedas. No se encasquillaban ni hacían ruido. Le dio la vuelta a la silla y la acercó a donde estaba la chica sentada.

—Es usted muy amable, rra —dijo ella—. Ahora debo volver, o la supervisora pensará que me he perdido.

Avanzó por el camino, mientras el señor J. L. B. Matekoni retomaba su trabajo con la bomba. Una hora después terminaba la reparación. Se sintió satisfecho cuando la echó a andar de nuevo y vio que funcionaba con bastante suavidad; sin embargo, la reparación no duraría mucho, y sabía que tendría que volver para desmontar el aparato entero. ¿Y cómo se regarían las verduras entonces? Éste era el problema de vivir en un país seco. Todo, desde la vida humana hasta las calabazas, dependía del goteo constante.

5

Joyería El Día del Juicio Final

Mma Potokwane estaba en lo cierto: tal como había predicho, a mma Ramotswe le gustaban los diamantes.

El tema surgió algunos días después de que el señor J. L. B. Matekoni hubiera arreglado la bomba del orfanato.

—Creo que la gente sabe lo del compromiso —señaló mma Ramotswe mientras tomaba un té con el señor J. L. B. Matekoni en el despacho de Tlokweng Road Speedy Motors—. La asistenta me dijo que en la ciudad la gente lo comenta. Que todo el mundo lo sabe.

—Así es esta ciudad —suspiró él—. Me paso el día oyendo los secretos de otras personas.

Mma Ramotswe asintió con la cabeza. El señor J. L. B. Matekoni tenía razón: en Gaborone no había secretos. Todo el mundo sabía todo de los demás.

—Por ejemplo —continuó el señor J. L. B. Matekoni con el tema—, cuando mma Sonqkwena rompió la caja de cambios del coche nuevo de su hijo al intentar poner marcha atrás cuando iba a cincuenta kilómetros por hora, al parecer todo el mundo se enteró. Yo no se lo dije a nadie, pero se ve que a todos les llegó la noticia.

Mma Ramotswe se rió. Conocía a mma Sonqkwena, que posiblemente era la conductora de más edad de la ciudad. Su hijo, que tenía una próspera tienda en los almacenes Broadhurst, había intentado convencer a su madre de que contratara un chófer o dejara de conducir de una vez por todas, pero el indomable sentido de la independencia de la anciana había podido con él.

—Se dirigía a Molepolole —prosiguió el señor J. L. B. Matekoni— cuando recordó que no había dado de comer a sus gallinas, y decidió que poniendo la marcha atrás iría directa a Gaborone. Imagínese cómo quedó el cambio de marchas. Y de repente todo el mundo hablaba de eso. Dieron por sentado que yo se lo había ido diciendo a la gente, pero no fue así. Los mecánicos deberían ser como los curas. No tendrían que hablar de lo que ven.

Mma Ramotswe estuvo de acuerdo con él. Valoraba la confidencialidad y admiraba que al señor J. L. B. Matekoni también le importara. Había mucha gente ligera de lengua por ahí. Pero ésas eran observaciones generales, y como había cosas más urgentes aún por discutir, mma Ramotswe llevó la conversación al tema que había empezado todo el debate.

—Pues están hablando de nuestro compromiso —dijo—. Algunos incluso querían ver el anillo que usted me había comprado. —Miró al señor J. L. B. Matekoni antes de continuar—. Así que les dije que todavía no me lo había comprado, pero que estaba segura de que pronto lo haría.

Ella contuvo la respiración. El señor J. L. B. Matekoni estaba mirando al suelo, como solía hacer cuando se sentía inseguro.

—¿Un anillo? —dijo al fin con la voz forzada—. ¿Qué clase de anillo?

Mma Ramotswe le miró atentamente. Con los hombres había que ser circunspecta a la hora de discutir ciertos temas. Evidentemente, los hombres no comprendían determinados temas, pero había que ir con cuidado de no asustarlos. Eso no serviría de nada. Decidió ser directa, o de lo contrario el señor J. L. B. Matekoni detectaría las evasivas y eso no ayudaría nada.

—Un anillo de diamantes —contestó—. Eso es lo que llevan actualmente las prometidas. Es lo que está de moda.

El señor J. L. B. Matekoni seguía mirando al suelo, sombrío.

—¿Diamantes? —preguntó con un hilo de voz—. ¿Está segura de que están de moda?

—Sí —respondió mma Ramotswe con firmeza—. Hoy en día to-

das las prometidas de cierto nivel social llevan diamantes. Es señal de que se las aprecia.

El señor J. L. B. Matekoni alzó la vista rápidamente. Si eso era cierto, y coincidía totalmente con lo que mma Potokwane le había dicho, no tenía más remedio que comprar un anillo de diamantes. No le gustaría que mma Ramotswe pensara que no era apreciada. La apreciaba mucho; le estaba inmensa y humildemente agradecido por haber accedido a casarse con él, y si era necesario un diamante para que el mundo entero lo supiera, el precio que hubiera que pagar era lo de menos. Interrumpió sus elucubraciones en cuanto la palabra «precio» cruzó su mente, recordando las alarmantes cantidades citadas durante el té en el orfanato.

—Los diamantes son muy caros —aventuró—. Espero tener dinero suficiente.

—Pues claro que lo tiene —repuso mma Ramotswe—. Algunos diamantes son muy caros, pero se puede negociar…

El señor J. L. B. Matekoni se sintió mejor.

—Yo pensaba que costaban miles y miles de pulas —confesó—. Como cincuenta mil pulas.

—Por supuesto que no —le tranquilizó mma Ramotswe—. Claro que hay diamantes caros, pero también hay otros muy buenos y no demasiado caros. Podemos ir a echar un vistazo. En la joyería El Día del Juicio Final, por ejemplo, tienen un buen surtido.

La decisión estaba tomada. A la mañana siguiente, luego de que mma Ramotswe hubiera atendido el correo en la agencia de detectives, irían a El Día del Juicio Final y elegirían un anillo. El plan parecía excitante, y hasta el señor J. L. B. Matekoni, que se sentía grandemente aliviado ante la idea de un anillo que pudiera costear, esperaba la salida con ilusión. Pensándolo bien, había algo en los diamantes que resultaba muy atrayente, algo que hasta un hombre podía entender, si pensaba bastante sobre ello. Lo que más le importaba al señor J. L. B. Matekoni era pensar que este regalo, posiblemente el más caro que haría en su vida, era un regalo de su propia tierra, de Botsuana. El señor J. L. B. Matekoni era un patriota. Amaba su país y sabía que mma Ramotswe también lo amaba. La idea de que el diamante que finalmente escogiera pudiera provenir de una de las tres minas de diamantes de

Botsuana aumentaba la significación del regalo. Estaba dando, a la mujer que más amaba y admiraba de todas, una diminuta partícula de la mismísima tierra que pisaban. Evidentemente, era una partícula especial: un fragmento de roca que con el paso del tiempo se había carbonizado hasta el punto de brillo óptimo. Luego alguien lo había extraído de la tierra, allí arriba, en Orapa, lo había pulido, traído a Gaborone y engastado en oro. Y todo eso para permitir que mma Ramotswe pudiera llevarlo en el segundo dedo de su mano izquierda y anunciar al mundo que él, el señor J. L. B. Matekoni, propietario de Tlokweng Road Speedy Motors, iba a ser su marido.

La joyería estaba escondida al final de una polvorienta calle, al lado de la librería del Ejército de Salvación, que vendía biblias y otros textos religiosos, y de los Servicios de Contabilidad Mothobani: *Dígale al recaudador que se vaya*. La joyería era un local que pasaba bastante desapercibido, con el tejado del porche inclinado y soportado por columnas de ladrillo encaladas. El cartel, que había sido pintado por un dibujante aficionado de escaso talento, mostraba la cabeza y los hombros de una atractiva mujer que llevaba un elaborado collar y grandes pendientes. A pesar de lo que pesaban los pendientes y de la evidente incomodidad del collar, la mujer sonreía con la boca torcida.

El señor J. L. B. Matekoni, acompañado de mma Ramotswe, aparcó en la acera de enfrente, a la sombra de una acacia. Llegaban más tarde de lo previsto y ya empezaba a hacer calor. A mediodía sería casi imposible tocar cualquier vehículo dejado al sol: los asientos le quemarían a uno la piel, y el volante sería un anillo de fuego. La sombra lo evitaba, y debajo de cada árbol había montones de coches, pegados a los troncos como las crías de cerdo a su madre, para poder gozar de la máxima protección posible que daba el incompleto traje del follaje verde grisáceo.

La puerta estaba cerrada, pero se abrió servicialmente, haciendo un ligero ruido, cuando el señor J. L. B. Matekoni llamó al timbre. En el interior de la tienda, de pie detrás del mostrador, había un hombre delgado vestido de color caqui. Tenía la cara alargada, y tanto sus ojos, ligeramente rasgados, como su piel dorada sugerían que debía tener

sangre san, la sangre de los aborígenes del Kalahari. Pero de ser así, ¿qué hacía trabajando en una joyería? No había ningún motivo real para que no pudiera hacerlo, claro que no, pero parecía inapropiado. Las joyerías atraían a los habitantes de India o de Kenia, a quienes les gustaba ese tipo de trabajo; los basarua eran más felices dedicándose al ganado, eran grandes ganaderos y cazadores de avestruces.

El joyero les sonrió.

—Los he visto fuera —dijo—. Han aparcado debajo de aquel árbol.

El señor J. L. B. Matekoni estaba en lo cierto. El hombre hablaba un setsuano correcto, pero su acento confirmaba los indicios manifiestos. Bajo las vocales había chasquidos y silbidos que se esforzaban por emerger. La lengua de los san era bastante peculiar, más parecida al sonido de los pájaros en los árboles que a un idioma humano.

El señor J. L. B. Matekoni se presentó, como mandaba la cortesía, y luego se volvió a mma Ramotswe.

—Esta mujer es mi prometida —explicó—. Se llama mma Ramotswe y me gustaría regalarle un anillo por nuestro compromiso. —Hizo una pausa—. Un anillo de diamantes.

El joyero le miró con sus ojos rasgados y después hizo lo propio, de reojo, con mma Ramotswe. Ella le devolvió la mirada y pensó: «Este hombre es inteligente. Es listo y no hay que fiarse de él».

—Es usted un hombre muy afortunado —comentó el joyero—. No todos los hombres encuentran una mujer tan alegre y gorda con la que casarse. Hoy en día hay muchas mujeres delgadas y dominantes por ahí; pero ésta le hará muy feliz.

El señor J. L. B. Matekoni agradeció el cumplido:

—Sí —repuso—, soy un hombre afortunado.

—Por eso debe comprarle un diamante muy grande —prosiguió el joyero—. Una mujer gorda no puede llevar un anillo pequeño.

El señor J. L. B. Matekoni se miró los zapatos.

—Yo estaba pensando en uno intermedio —confesó—. No soy rico.

—Ya sé quién es —dijo el joyero—. Usted es el propietario de Tlokweng Road Speedy Motors. Puede permitirse un buen anillo.

Mma Ramotswe decidió intervenir:

—No quiero un anillo grande —dijo tajantemente—. No soy mujer de grandes anillos. Había pensado en uno pequeño.

El joyero la miró. Parecía casi molesto por su presencia, como si esto fuera una transacción entre hombres, como una transacción de ganado, y ella estuviese interfiriendo.

—Les enseñaré algunos anillos —anunció, inclinándose para extraer una bandeja del mostrador que tenía delante—. Estos diamantes son buenos.

Puso la bandeja encima del mostrador y señaló una fila de anillos colocados en estrías de terciopelo. El señor J. L. B. Matekoni suspiró. Los diamantes estaban dispuestos en los anillos en forma de racimo: una piedra grande en el centro rodeada por otras de menor tamaño. También había algunos anillos con otras piedras, esmeraldas y rubíes, y debajo de cada uno de ellos, el precio en una pequeña etiqueta.

—No haga caso de las etiquetas —dijo el joyero en voz baja—. Puedo hacerle grandes descuentos.

Mma Ramotswe escudriñó la bandeja. Luego levantó la mirada y cabeceó.

—Son demasiado grandes —comentó—. Le he dicho que quería un anillo más pequeño. Tal vez sería mejor que fuésemos a alguna otra tienda.

El joyero suspiró.

—Tengo más anillos —reconoció—. Tengo anillos pequeños.

Dejó la bandeja en su sitio y extrajo otra. Los anillos de ésta eran considerablemente más pequeños. Mma Ramotswe señaló uno que estaba en el centro de la bandeja.

—Me gusta éste —afirmó—. Déjenoslo ver.

—No es muy grande —apuntó el joyero—. Un diamante como éste se pierde con facilidad. Puede que la gente ni lo vea.

—Me da igual —replicó mma Ramotswe—. El diamante es para mí. No tiene nada que ver con la gente.

El señor J. L. B. Matekoni sintió una ola de orgullo mientras ella hablaba. Ésta era la mujer a la que admiraba, la mujer que creía en los antiguos valores de Botsuana y que no disponía de tiempo para la ostentación.

—A mí también me gusta —dijo el señor J. L. B. Matekoni—. Por favor, déjeselo probar.

El joyero le dio el anillo a mma Ramotswe, quien se lo puso en el dedo y extendió la mano para que el señor J. L. B. Matekoni lo viera.

—Le va perfecto —dijo él.

Ella sonrió.

—Si quisiera comprarme este anillo, me haría muy feliz.

El joyero cogió la etiqueta del precio y se la pasó al señor J. L. B. Matekoni.

—En éste no le puedo hacer más descuento —advirtió—; ya está muy barato.

Al señor J. L. B. Matekoni el precio le sorprendió gratamente. Acababa de cambiar el radiador de la furgoneta de un cliente, y cayó en la cuenta de que se trataba del mismo precio, exactamente el mismo. Metió la mano en el bolsillo, extrajo de él el fajo de billetes que había sacado del banco a primera hora de la mañana y pagó al joyero.

—Quería preguntarle algo —le comentó el señor J. L. B. Matekoni al joyero—: ¿este diamante es de Botsuana?

El joyero le miró extrañado.

—¿Por qué lo pregunta? —quiso saber el hombre—. Un diamante es un diamante, sea de donde sea.

—Lo sé —repuso el señor J. L. B. Matekoni—, pero me gustaría pensar que mi mujer lleva puesta una piedra de aquí.

El joyero sonrió.

—En tal caso, sí, es de aquí. Todas estas piedras son de nuestras minas.

—Gracias —dijo el señor J. L. B. Matekoni—. Me alegra oír eso.

Hicieron el camino de vuelta desde la joyería, pasando frente a la catedral anglicana y el Hospital Princess Marina. Al pasar por delante de la catedral mma Ramotswe dijo:

—Creo que quizá deberíamos casarnos aquí. A lo mejor conseguimos que nos case el propio obispo Makhulu.

—Eso me gustaría —repuso el señor J. L. B. Matekoni—. El obispo es un buen hombre.

—Así un buen hombre oficiará la boda de otro buen hombre —comentó mma Ramotswe—. Es usted un buen hombre, señor J. L. B. Matekoni.

El señor J. L. B. Matekoni no dijo nada. No era fácil responder a un cumplido, especialmente cuando uno sentía que era inmerecido. Él no se consideraba una persona especialmente buena. Creía que tenía muchos defectos, y si había alguna persona buena, ésa era mma Ramotswe. Ella era mucho mejor que él, un simple mecánico que hacía todo lo mejor que podía; ella era mucho más que eso.

Doblaron hacia Zebra Drive y recorrieron el corto camino de entrada a la casa de mma Ramotswe, parando el coche bajo el toldo, junto al porche. Rose, la asistenta de mma Ramotswe, miró por la ventana de la cocina y los saludó con la mano. Había lavado la ropa, que estaba colgada en el tendedero; el blanco contrastaba con el color marrón-rojizo de la tierra y el azul del cielo.

El señor J. L. B. Matekoni cogió a mma Ramotswe de la mano, tocando unos instantes el reluciente anillo. La miró y vio que tenía lágrimas en los ojos.

—Lo siento —dijo ella—. No debería estar llorando, pero es que no puedo evitarlo.

—¿Por qué está triste? —le preguntó él—. No tiene por qué estarlo.

Ella se enjugó una lágrima y luego sacudió la cabeza.

—No estoy triste —contestó—. Es que nadie me había regalado nunca algo así. Cuando me casé con Note, no me regaló nada. Yo esperaba que me diera un anillo, pero no me dio nada. Ahora tengo uno.

—Intentaré subsanar lo de Note —aseguró el señor J. L. B. Matekoni—. Intentaré ser un buen marido.

Mma Ramotswe asintió con la cabeza.

—Lo será —repuso—. Y yo intentaré ser una buena esposa.

Permanecieron sentados un rato, sin decir nada, cada uno sumido en los pensamientos que el momento requería. Luego el señor J. L. B. Matekoni bajó del vehículo, anduvo hasta la puerta de mma Ramotswe y la abrió. Entrarían para tomarse un té, y ella le enseñaría a Rose el anillo y el diamante que le habían hecho sentirse tan feliz y tan triste al mismo tiempo.

6

Un lugar árido

Sentada en su despacho, en la Primera Agencia Femenina de Detectives, mma Ramotswe reflexionó sobre lo fácil que era comprometerse a hacer algo simplemente porque se carecía de valor para decir no. En realidad, no quería ocuparse de buscar una solución a lo que le había pasado al hijo de la señora Curtin; Clovis Andersen, autor de su biblia profesional, *Los principios de la investigación privada*, habría calificado la investigación de estéril. «Una investigación estéril —había escrito— es inútil para todos los implicados. Al cliente se le dan falsas esperanzas porque el detective está trabajando en el caso, y éste, a su vez, se siente obligado a averiguar algo debido a las expectativas del cliente. Lo que significa que el agente probablemente dedicará más tiempo al caso del que las circunstancias precisarían. Y al final de la jornada parece que no se ha conseguido nada, y uno se pregunta si no sería mejor enterrar el pasado con dignidad. *Dejar el pasado en paz* es en algunas ocasiones el mejor consejo que se puede dar.»

Mma Ramotswe había leído este pasaje varias veces y se había sentido de acuerdo con el parecer que formulaba. Creía que había demasiado interés por el pasado. La gente se pasaba la vida removiendo hechos sucedidos mucho tiempo atrás. ¿Y para qué servía, si sólo se conseguía envenenar el presente? Había muchas cosas negativas en el pasado, pero ¿para qué sacarlas constantemente a relucir y reavivarlas? Pensó en el pueblo de los shona, y en cómo seguían hablando de lo que los ndebele les hicieron bajo los mandatos de Mzilikazi y Lobengula. Es cierto que hicieron cosas terribles; al fin y al cabo, eran auténticos zulúes y siempre habían oprimido a sus vecinos, pero seguramente no había justificación para que siguieran hablando de ello. Sería mejor olvidarlo de una vez por todas.

Pensó en Seretse Khama, jefe supremo de los bamguato, primer presidente de Botsuana, estadista; en cómo le habían tratado, negándose a aceptar la novia que había elegido y obligándole a exiliarse simplemente porque había contraído matrimonio con una inglesa. ¿Cómo pudieron hacerle una cosa tan insensible y cruel a un hombre así? Enviar a un hombre lejos de su país, de su gente, era seguramente uno de los castigos más crueles que podía aplicarse; y dejar a la gente sin líder… Era algo que le llegaba a uno al alma: ¿dónde está Khama? ¿Dónde está el hijo de Kgosi Sekgoma II y de su mohumagadi Tebogo? Pero en lo sucesivo el propio Seretse jamás le dio gran importancia al tema. No habló de ello, y siempre fue atento con el Gobierno británico y hasta con la propia reina. Otro hombre habría dicho: «¡Miren lo que me han hecho! ¿Y ahora pretenden que seamos amigos?»

Luego estaba el señor Mandela. Todo el mundo estaba enterado de lo del señor Mandela y de que había perdonado a quienes le habían encarcelado. Le habían robado muchos años de su vida sencillamente porque quería justicia. Le habían puesto a trabajar en una cantera, y sus ojos se habían deteriorado para siempre por el polvo de las rocas. Pero, finalmente, al salir de la cárcel aquel maravilloso y luminoso día, no comentó nada acerca de una venganza o indemnización. Dijo que había cosas más importantes que hacer que lamentarse del pasado, y con el tiempo demostró que era cierto mediante cientos de buenas acciones para con aquellos que tan mal le habían tratado. Ésa era la auténtica forma de actuar africana, la tradición que más cerca estaba del corazón de África. Todos somos hijos de África y nadie es más importante que otro. Esto es lo que África podría decirle al mundo: recordarle qué es ser un ser humano.

Mma Ramotswe valoraba eso y entendía la grandeza que Khama y Mandela habían demostrado al perdonar el pasado. Sin embargo, el caso de la señora Curtin era distinto. No le parecía que la estadounidense estuviera interesada en encontrar a un culpable por la desaparición de su hijo, aunque sabía que en las mismas circunstancias mucha gente se obsesionaba con encontrar a alguien a quien castigar. Y, naturalmente, estaba todo el problema del castigo. Mma Ramotswe suspiró. Suponía que el castigo a veces era necesario para hacer patente que lo que esa persona había hecho estaba mal, pero nunca había llegado a entender por qué había que castigar a aquellos que se arrepentían de sus errores. De pequeña, en Mochudi, había visto dar bastonazos a un niño por perder una cabra. El niño había reconocido que se había ido a dormir bajo un árbol en lugar de cuidar del ganado y había dicho que lamentaba mucho haber dejado escapar a la cabra. ¿Qué sentido tenía, se preguntaba, que su tío lo golpeara con una estaca hasta que el niño suplicó clemencia? Un castigo así no servía para nada y sólo desfiguraba a la persona que lo imponía.

Pero éstos eran temas mayores, y el problema más urgente era por dónde empezar la búsqueda de ese pobre chico estadounidense muerto. Se imaginaba a Clovis Andersen sacudiendo la cabeza y diciendo: «Verá, mma Ramotswe, se ha metido en un caso estéril a pesar de lo que pienso de estas cosas. Pero una vez hecho, mi consejo habitual es que vuelva al principio. Empiece por ahí». El principio, suponía, era la granja en la que Burkhardt y sus amigos habían desarrollado su proyecto. No sería difícil dar con el lugar en sí, aunque dudaba que descubriera algo. Pero por lo menos empezaría a familiarizarse con el tema y sabía que eso era el principio. Los sitios tenían ecos, y si uno era sensible, podía detectar alguna resonancia del pasado, tener algún presentimiento de lo que había ocurrido. Al menos sabía cómo llegar al pueblo. Su secretaria, mma Makutsi, tenía una prima que era del pueblo más cercano a la granja y le había explicado por qué carretera debía ir. Estaba en dirección oeste, no lejos de Molepolole; en tierras áridas, llenas de matorrales y de espinos, que lindaban con el Kalahari. La población era escasa, pero en aquellas áreas donde había más agua, la gente había establecido pequeños pueblos y grupos de pequeñas casas alrededor de los campos de sorgo y de melones. Allí no había mucho que hacer, y la gente, si su posición se lo permitía, se desplazaba hasta Lobatsi o Gaborone para trabajar. Gaborone estaba llena de gente de sitios así. Iban a la ciudad, pero mantenían los lazos con sus tierras y corrales. Pasaran fuera el tiempo que pasaran, para ellos esos lugares serían siempre su hogar. Al cabo del día era allí donde deseaban morirse, bajo esos inmensos y vastos cielos, parecidos a un océano infinito.

Fue hasta allí en su pequeña furgoneta blanca un sábado por la mañana; salió temprano, como siempre que viajaba. Al abandonar la ciudad, ya había un montón de gente entrando para ir de compras. Estaban a fin de mes, lo que significaba que eran días de pago, y las tiendas se llenarían de ruido y de gente que compraría grandes botes de almíbar y judías, o derrocharía el dinero en codiciados vestidos y zapatos nuevos. A mma Ramotswe le gustaba ir de compras, pero nunca iba en los días de pago. Estaba convencida de que durante esos días los precios subían, para volver a bajar a mediados de mes, cuando nadie tenía dinero.

Casi todo el tráfico de la carretera era de autobuses y furgonetas que traían a la gente. Pero había unos pocos que iban en dirección opuesta, trabajadores de la ciudad que regresaban a los pueblos para pasar el fin de semana; hombres que volvían con sus mujeres e hijos; mujeres que trabajaban de asistentas en Gaborone, que iban a pasar sus preciados días de fiesta con sus padres y abuelos. Mma Ramotswe aminoró la marcha; había una mujer junto a la carretera, agitando la mano para que alguien la llevara. Debía de tener la edad de mma Ramotswe, e iba elegantemente vestida con una falda negra y un jersey de color rojo vivo. Mma Ramotswe vaciló y luego paró. No podía dejarla allí; en alguna parte debía haber una familia esperándola, confiando en que un motorista llevara a su madre a casa.

Se detuvo y desde la ventana de la furgoneta gritó:

—¿Adónde va, mma?

—Voy en esa dirección —respondió la mujer señalando la carretera—. Justo pasado Molepolole. Voy a Silokwolela.

Mma Ramotswe sonrió.

—Yo también —dijo—. La llevaré hasta allí.

La mujer soltó un grito de alegría.

—Es usted muy amable. ¡Qué suerte tengo!

Se agachó para coger la bolsa de plástico en la que llevaba sus pertenencias y abrió la puerta de la furgoneta. Entonces, cuando hubo colocado la bolsa en sus pies, mma Ramotswe volvió a la carretera y se puso en marcha. Por deformación profesional, miró a su nueva compañera de viaje e hizo su valoración. Iba bastante bien vestida: el jersey era nuevo y de lana auténtica, no como esas fibras baratas artificiales que tanta gente llevaba hoy en día, aunque la falda era barata y los zapatos estaban ligeramente estropeados. «Esta mujer trabaja en una tienda —pensó mma Ramotswe—. Ha hecho los seis cursos básicos, y probablemente dos o tres más. No tiene marido y sus hijos están en Silokwolela viviendo con su abuela.» Mma Ramotswe había visto un ejemplar de la Biblia metido en la parte superior de la bolsa de plástico, lo que le había dado más información. Esta mujer era feligresa de alguna iglesia, y puede que asistiera a clases sobre la Biblia. Aquella noche les leería la Biblia a sus hijos.

—¿Tiene allí a sus hijos, mma? —preguntó educadamente mma Ramotswe.

—Sí —contestó—. Están con su abuela. Yo trabajo en Gaborone, en una tienda, en Mobiliario Nuevo. Tal vez la conozca.

Mma Ramotswe asintió con la cabeza, tanto porque se confirmaba su juicio como en respuesta a su pregunta.

—No tengo marido —prosiguió la mujer—. Se fue a Francistown y murió por eructar.

Mma Ramotswe dio un respingo.

—¿Por eructar? ¿Se puede morir por eructar?

—Sí. Estaba en Francistown, no paraba de eructar y le llevaron al hospital. Le operaron y le detectaron algo muy grave. Algo que le hacía eructar. Y se murió.

Hubo un silencio. Luego mma Ramotswe habló:

—Lo siento mucho.

—Gracias. Cuando sucedió esto estuve muy triste; porque era un hombre excelente y había sido un buen padre para mis hijos. Pero mi madre aún tenía fuerzas y me dijo que cuidaría de ellos. Yo podía obtener un trabajo en Gaborone porque tengo el certificado de segundo curso del nivel medio. Fui a la tienda de decoración y les gustó mucho mi forma de trabajar. Ahora soy una de las dependientas que más vendo, y hasta me han apuntado a un curso de formación para vendedores en Mafikeng.

Mma Ramotswe sonrió.

—Bien hecho. No es fácil para las mujeres. Los hombres esperan que hagamos todo el trabajo y luego se quedan con los mejores puestos. Para una mujer no es fácil triunfar.

—Pues tengo entendido que a usted le va muy bien —dijo la mujer—. Usted es una mujer de negocios y le va bien.

Mma Ramotswe reflexionó unos instantes. Estaba orgullosa de su habilidad para calar a la gente, pero se preguntaba si no sería algo que tenían muchas mujeres, como parte del don de la intuición.

—Dígame, ¿a qué me dedico? —le preguntó—. ¿Podría adivinarlo?

La mujer se volvió y miró a mma Ramotswe de arriba abajo.

—Es detective, creo —dijo—. Se dedica a investigar las vidas de los demás.

La pequeña furgoneta blanca se desvió momentáneamente. A mma Ramotswe la había sorprendido que la mujer lo hubiera adivinado. «Sus poderes de intuición deben de ser incluso mejores que los míos», dijo para sí.

—¿Cómo lo ha sabido? ¿Qué he hecho que haya podido darle tal información?

La mujer apartó la mirada.

—Muy fácil —respondió—. La he visto sentada frente a su agencia de detectives tomando un té con su secretaria, la de las gafas grandes. A veces se sientan juntas a la sombra y yo paso andando por la otra acera. Por eso lo sabía.

Viajaron en agradable camaradería, hablando de sus vidas cotidianas. Se llamaba mma Tsbago, y le habló a mma Ramotswe de su trabajo en la tienda de decoración. El gerente era un hombre amable, dijo, no demasiado duro con los empleados y siempre sincero con los clientes. A ella le habían ofrecido trabajo en otra empresa, cobrando más, pero lo había rechazado. Cuando el gerente se enteró, premió su lealtad con un ascenso.

Luego estaban sus hijos; una niña de diez años y un niño de ocho. El colegio les iba bien, y esperaba poder enviarlos a Gaborone a estudiar secundaria. Le habían dicho que el instituto de secundaria de Gaborone era muy bueno y tenía la esperanza de conseguirles una plaza allí. También le habían dicho que había becas para colegios incluso mejores; tal vez pudieran entrar en uno de ellos.

Mma Ramotswe le explicó que estaba prometida y señaló el diamante que llevaba en el dedo. Mma Tsbago expresó su admiración y le preguntó quién era su prometido. Casarse con un mecánico era una buena cosa, dijo, había oído que como maridos eran excelentes. Hay que casarse con un policía, un mecánico o un pastor protestante, dijo, nunca con un político, un camarero o un taxista; siempre dan un montón de problemas a sus mujeres.

—Ni con un trompetista —agregó mma Ramotswe—. Yo cometí ese error. Me casé con una mala persona llamada Note Mokoti. Era trompetista.

—Seguro que no son buenos maridos los trompetistas —confirmó mma Tsbago—. Los añadiré a mi lista.

En la última etapa del viaje avanzaron muy despacio. La carretera, que no estaba asfaltada, tenía grandes y peligrosos baches, y en algunos momentos se vieron obligadas a pegarse arriesgadamente a su arenoso borde para esquivar un gran socavón. Era peligroso, porque la pequeña furgoneta blanca podía quedarse fácilmente atascada en la arena si no iban con cuidado, y podrían pasar horas esperando que fueran a rescatarlas. Pero, finalmente, llegaron al pueblo de mma Tsbago, que era el más cercano a la granja que mma Ramotswe estaba buscando.

Le había preguntado a mma Tsbago por la granja y ésta le había proporcionado cierta información. Se acordaba del proyecto, aunque no conocía a las personas involucradas en él. Recordó que había un hombre blanco, una mujer surafricana y un par más de extranjeros. Algunas personas del pueblo habían trabajado allí, y la gente había pensado que saldrían grandes cosas del proyecto, pero al final había fracasado. A ella no la había sorprendido. Había cosas que fracasaban; no podía pretenderse cambiar África. La gente perdía el interés, o recuperaba su forma tradicional de hacer las cosas, o simplemente lo dejaba porque requería demasiado esfuerzo. Y entonces África volvía al punto inicial, como si nada de aquello hubiera existido.

—¿Hay alguien del pueblo que pueda guiarme hasta allí? —preguntó mma Ramotswe.

Mma Tsbago pensó un instante.

—Aún viven algunas de las personas que trabajaron en la granja —respondió—. Hay un amigo de mi tío que estuvo trabajando ahí una temporada. Podemos ir a su casa y preguntarle.

Primero fueron a casa de mma Tsbago. Era una casa botsuana tradicional, construida con ladrillos de barro de color ocre y rodeada por un bajo muro, un *lomotana*, que creaba un diminuto jardín delante de la casa y en sus laterales. Por fuera de dicho muro había dos depósitos para el grano cubiertos con techo de paja y puestos sobre unos pies, y un corral con gallinas. Al fondo del jardín, hecho de hojalata y peligrosamente inclinado, estaba el retrete, con un viejo tablón como puerta y un cordel con el que poder cerrarla. Los niños salieron corriendo de inmediato y abrazaron a su madre antes de esperar tímidamente a que les presentara a la desconocida. Luego, del oscuro interior de la casa salió la abuela, vestida con un raído vestido blanco y sonriendo sin dientes.

Mma Tsbago dejó su bolsa en la casa y les dijo que volvería al cabo de una hora. Mma Ramotswe les dio caramelos a los niños, que cogieron con las palmas hacia arriba, dándole seriamente las gracias de acuerdo con la tradición setsuana. Esos niños sí que entenderían las costumbres antiguas, pensó mma Ramotswe con aprobación, no como algunos de Gaborone.

Dejaron la casa y atravesaron el pueblo en la furgoneta blanca. Era el típico pueblo botsuano, una irregular y extensa colección de casas de una o dos habitaciones, cada una con jardín propio y rodeada de diversos espinos. Las casas estaban conectadas por caminos que iban en todas direcciones, bordeando campos y cosechas. El ganado se movía apático de acá para allá, paciendo en las esporádicas manchas de hierba marrón y mustia mientras un vaquero barrigón, polvoriento y con delantal, lo observaba desde debajo de un árbol. El ganado no estaba marcado, pero todo el mundo sabía su linaje y a quién pertenecía. Ésos eran los indicios de la prosperidad, el verdadero resultado del trabajo de alguien en la mina de diamantes de Jwaneng o en la fábrica de conservas de carne de Lobatsi.

Mma Tsbago la condujo a una vivienda de las afueras del pueblo. La casa estaba cuidada, era ligeramente más grande que las casas vecinas, y había sido pintada al estilo de los hogares botsuaneses tradicionales, de rojos y marrones con unos atrevidos motivos decorativos blancos grabados en forma de rombo. El jardín estaba bien barrido, lo que indicaba que la dueña de la casa, la misma que la habría pintado, usaba la escoba de caña escrupulosamente. Las casas y su decoración eran responsabilidad de las mujeres, y saltaba a la vista que ésta había heredado la sabiduría ancestral.

Esperaron en la cancela mientras mma Tsbago solicitaba permiso para entrar. Era de mala educación recorrer el camino de entrada sin avisar primero, y más descortés aún entrar en una casa sin haber sido invitado.

—*¡Ko, Ko!* —exclamó mma Tsbago—. ¡Mma Potsane, he venido a verla!

No hubo respuesta y mma Tsbago volvió a saludar. De nuevo no hubo respuesta, y después, de repente, la puerta de la casa se abrió y apareció una mujer baja y regordeta, vestida con una falda larga y una blusa blanca de cuello alto, que miró en dirección a ellas.

—¿Quién anda ahí? —gritó, utilizando la mano de visera—. ¿Quién es? No puedo verla.

—Soy mma Tsbago. Ya nos conocemos. He venido con alguien que desea hablar con usted.

La dueña de la casa se rió.

—Pensé que sería otra persona y he ido corriendo a acicalarme. ¡Podría haberme ahorrado las molestias!

Les indicó que entraran y ellas fueron a su encuentro.

—Hace varios días que no veo muy bien —explicó mma Potsane—. Tengo los ojos cada vez peor; por eso no la he reconocido.

Se dieron la mano, intercambiando el saludo formal. Luego mma Potsane señaló un banco que estaba a la sombra del gran árbol que había junto a la casa. Se sentarían ahí, explicó, porque el interior de la casa era demasiado oscuro.

Mma Tsbago le contó el motivo de la visita y mma Potsane escuchó con atención. Al parecer, tenía los ojos irritados, y de vez en cuando se los enjugaba con la manga de la blusa. Mientras mma Tsbago hablaba, mma Potsane asentía animosamente.

—Sí —afirmó—, estuvimos viviendo allí. Mi marido trabajaba allí. Los dos trabajábamos. Esperábamos ganar un poco de dinero con nuestras cosechas, y durante algún tiempo funcionó. Luego... —hizo una pausa y se encogió de hombros, desalentada.

—¿Luego se torcieron las cosas? —preguntó mma Ramotswe—. ¿Hubo sequía?

Mma Potsane suspiró.

—Hubo sequía, sí. Pero siempre la hay, ¿no? No, es que la gente dejó de tener fe en el proyecto. Los que vivían allí eran gente válida, pero se marcharon.

—¿El hombre blanco de Namibia? ¿El alemán? —preguntó mma Ramotswe.

—Sí, ése. Era un buen hombre, pero se fue. Había más personas, botsuanos, que decidieron que ya habían tenido bastante. También se fueron.

—¿Y el estadounidense? —insistió mma Ramotswe—. ¿Había un chico estadounidense?

Mma Potsane se frotó los ojos.

—Ese chico se esfumó. Desapareció una noche. La policía fue y buscó sin cesar. Su madre también vino, muchas veces. Trajo un rastreador mosarua, un hombre diminuto que parecía un perro con la nariz pegada al suelo. Tenía el trasero muy gordo, como todos los basarua.

—¿Y no encontró nada? —Mma Ramotswe ya sabía la respuesta, pero quería que la mujer siguiera hablando. Hasta el momento sólo había oído la versión de la señora Curtin; era bastante posible que hubiera cosas que otros hubieran visto y que ella no supiera.

—Daba vueltas como un perro —dijo mma Potsane riéndose—. Miraba debajo de las piedras, olfateaba el aire y murmuraba en esa lengua tan rara que hablan, ya sabe, esa que tiene sonidos como los de los árboles y las ramas al romperse. Pero no encontró ninguna pista de ningún animal salvaje que hubiera podido llevarse al chico.

Mma Ramotswe le dio un pañuelo para que se secara los ojos.

—¿Y qué cree usted que le ocurrió, mma? ¿Cómo es posible que alguien desaparezca de esa forma?

Mma Potsane tomó aire y luego se sonó la nariz con el pañuelo de mma Ramotswe.

—Yo creo que fue absorbido —contestó—. Aquí a veces hay torbellinos en la estación calurosa. Vienen del Kalahari y se llevan cosas. Creo que pudo llevárselo un torbellino y dejarlo en algún sitio remoto. Quizá de camino a Ghanzi o en algún punto en medio del Kalahari. No me extraña que no le encontrasen.

Mma Tsbago miró de reojo a mma Ramotswe, intentando captar su atención, pero ésta tenía la vista clavada en mma Potsane.

—Es una posibilidad, mma —dijo—. Sí, una idea interesante. —Hizo una pausa—. ¿Podría acompañarme hasta allí y enseñarme el lugar? Tengo la furgoneta aquí.

Mma Potsane reflexionó unos instantes.

—No me gusta ir allí —contestó—. Me resulta triste.

—Le daré veinte pulas por las molestias —ofreció mma Ramotswe, metiendo una mano en el bolsillo—. Esperaba que pudiera aceptarlos.

—Por supuesto —se apresuró a decir mma Potsane—. La acompañaré. No me gusta ir de noche, pero de día es distinto.

—¿Y ahora? —preguntó mma Ramotswe—. ¿Podría ir ahora?

—No estoy ocupada —respondió mma Potsane—. No tengo nada que hacer aquí.

Mma Ramotswe le dio el dinero a mma Potsane, quien se lo agradeció dando una palmada en señal de gratitud. Luego salieron por el jardín meticulosamente barrido y, tras despedirse de mma Tsbago, se subieron a la furgoneta y se fueron.

7

Más problemas con la bomba del orfanato

El día que mma Ramotswe se fue a Silokwolela, el señor J. L. B. Matekoni se sintió vagamente intranquilo. Los sábados por la mañana se había acostumbrado a verse con mma Ramotswe para ayudarle a hacer la compra o alguna tarea de la casa. Sin ella, no sabía qué hacer: Gaborone parecía extrañamente vacía; el taller estaba cerrado, y no tenía ganas de ocuparse del papeleo que se le había amontonado sobre la mesa. Claro que podía ir a visitar a algún amigo y tal vez ver un partido de fútbol, pero eso tampoco le apetecía. Entonces pensó en mma Potokwane, la directora del orfanato. Seguro que allí habría algo que hacer y, además, siempre estaba encantada de sentarse con él a tomar una taza de té mientras conversaban. Se acercaría para ver qué tal iba todo. Pasaría el resto del día en el orfanato hasta que mma Ramotswe regresara por la noche. Como de costumbre, mma Potokwane le vio mientras aparcaba el coche junto a uno de los celindos.

—¡Le he visto llegar! —gritó desde la ventana—. ¡Hola, señor J. L. B. Matekoni!

El señor J. L. B. Matekoni saludó en dirección hacia ella mientras cerraba el coche. Después se fue zanqueando hasta el despacho, desde una de cuyas ventanas emergía una alegre música. En su interior mma Potokwane estaba sentada junto a su mesa con el auricular del teléfono al oído. Con un gesto le indicó que se sentara y continuó su conversación.

—Si pudiera darme un poco de ese aceite —dijo—, los huérfanos estarían felices. Les gustan las patatas fritas en aceite; es bueno para ellos.

La voz del otro lado del hilo telefónico dijo algo y ella frunció las cejas, mirando al señor J. L. B. Matekoni, como si quisiera compartir su irritación.

—Pero si no puede vender el aceite que ya ha caducado, ¿por qué tengo que pagar por él? Es mejor dárselo a los huérfanos que tirarlo por el desagüe. Yo ni tengo dinero para pagárselo ni entiendo por qué no quiere dárnoslo.

La otra persona volvió a decir algo y ella asintió pacientemente.

—Me aseguraré de que vengan del *Daily News* para que le fotografíen mientras nos da el aceite. Todo el mundo sabrá que es usted un hombre generoso. Saldrá en los periódicos.

Hubo un breve intercambio más de palabras y después colgó el teléfono.

—A algunos les cuesta dar —afirmó mma Potokwane—. Tiene que ver con la forma en que sus madres los educaron. He leído un libro sobre este tema. Hay un médico muy famoso, el doctor Freud, que ha escrito muchos libros sobre estas personas.

—¿Vive en Johanesburgo? —preguntó el señor J. L. B. Matekoni.

—Creo que no —respondió mma Potokwane—. El libro es de Londres. Pero es muy interesante. Dice que todos los niños están enamorados de sus madres.

—Natural —repuso el señor J. L. B. Matekoni—. ¡Está claro que los niños quieren a sus madres! ¿Por qué no iban a quererlas?

Mma Potokwane se encogió de hombros.

—Eso mismo pienso yo. No veo qué hay de malo en que un niño quiera a su madre.

—Entonces, ¿por qué el doctor Freud está preocupado por eso? —prosiguió el señor J. L. B. Matekoni—. Lo que le tendría que preocupar es que *no* la quisiera.

Mma Potokwane parecía pensativa.

—Sí, pero aun así le preocupaban estos chicos y creo que intentaba impedírselo.

—Eso es absurdo —replicó el señor J. L. B. Matekoni—. Seguro que tendría cosas mejores que hacer con su tiempo.

—Seguro que sí —afirmó mma Potokwane—, y a pesar de este doctor Freud, los niños siguen queriendo a sus madres, como debe ser.

Hizo una pausa y luego, contenta de dejar tan difícil tema, sonrió al señor J. L. B. Matekoni de oreja a oreja.

—Me alegro mucho de que haya venido hoy. Pensaba llamarle.

El señor J. L. B. Matekoni suspiró.

—¿Qué han sido, los frenos o la bomba?

—La bomba —respondió mma Potokwane—. Hace un ruido muy raro. El agua sale bien, pero la bomba hace ruido, como si le doliera algo.

—Los motores sienten dolor —repuso el señor J. L. B. Matekoni—. Nos avisan de que algo les duele haciendo ruido.

—Entonces esta bomba necesita ayuda —concluyó mma Potokwane—. ¿Podría echarle un vistazo?

—Por supuesto —contestó el señor J. L. B. Matekoni.

Le llevó más tiempo del esperado, pero al fin encontró el origen del problema y pudo arreglarlo. Cuando la bomba estuvo de nuevo montada, la probó y, una vez más, funcionó con suavidad. Evidentemente, necesitaría ser renovada, y no faltaba mucho para ese día, pero al menos ese ruido extraño, ese gimoteo, había cesado.

De vuelta en el despacho de mma Potokwane, se relajó con una taza de té y un gran trozo de pastel de pasas que los cocineros habían hecho aquella mañana. Los huérfanos estaban bien alimentados. El Gobierno cuidaba bien de sus huérfanos y daba cada año una generosa subvención. Pero también había donantes privados, una red de personas que daban al orfanato dinero o diversos productos. Lo que significaba que, en realidad, a ninguno de los huérfanos le faltaba nada ni ninguno estaba desnutrido, como sucedía en tantos otros países africanos. Botsuana era un país afortunado. Nadie se moría de hambre ni se consumía en una cárcel por su ideología política. Tal como había señalado mma Ramotswe, los botsuanos podían ir por todas partes con la cabeza bien alta; por todas partes.

—Este pastel está muy bueno —comentó el señor J. L. B. Matekoni—. A los niños debe de encantarles.

Mma Potokwane sonrió.

—Les encantan los pasteles. Si no les diéramos más que pasteles,
serían felices, pero, naturalmente, no lo hacemos. También necesitan
cebollas y judías.

El señor J. L. B. Matekoni asintió con la cabeza.

—Una dieta equilibrada —afirmó abiertamente—. Dicen que
una dieta equilibrada es la clave de la salud.

Hubo silencio unos instantes mientras reflexionaban sobre la
observación de J. L. B. Matekoni. Luego habló mma Potokwane:

—Así que pronto será usted un hombre casado —dijo—. Le
cambiará la vida. ¡Tendrá que comportarse, señor J. L. B. Matekoni!

Él se rió, acabándose las migas de su trozo de pastel.

—Mma Ramotswe me vigilará. Se asegurará de que me porto
bien.

—Mmm… —profirió mma Potokwane—. ¿En qué casa vivirán?

—Creo que en la suya —contestó el señor J. L. B. Matekoni—.
Es un poco más bonita que la mía. Verá, su casa está en Zebra Drive.

—Sí —afirmó la directora—, ya la he visto. Pasé por delante en
coche el otro día. Me pareció muy bonita.

El señor J. L. B. Matekoni parecía sorprendido.

—¿Pasó por delante a propósito para echarle un vistazo?

—Bueno —dijo mma Potokwane esbozando una sonrisa—, sólo
quería ver cómo era. Es bastante grande, ¿no?

—Es una casa agradable —dijo el señor J. L. B. Matekoni—.
Creo que habrá suficiente espacio para los dos.

—Sobrará espacio —repuso mma Potokwane—. Cabrán hasta
niños.

El señor J. L. B. Matekoni frunció el entrecejo.

—No habíamos pensado en eso. Tal vez seamos un poco mayores para tener niños. Tengo cuarenta y cinco años. Y, además… Bueno, no me gusta hablar de esto, pero mma Ramotswe me ha dicho que
no puede tener hijos. Tuvo un bebé, pero murió y los médicos le han
dicho que…

Mma Potokwane sacudió la cabeza.

—Eso es muy triste. Lo siento mucho por ella.

—Pero nosotros somos muy felices —repuso el señor J. L. B. Matekoni—, incluso aunque no podamos tener hijos.

Mma Potokwane cogió la tetera y le sirvió a su invitado otra taza de té. Después cortó un trozo más de pastel, una ración generosa, y se lo puso en el plato.

—Claro que siempre les queda la adopción —dijo, mirándole mientras hablaba—. También podrían cuidar de un niño, si no quisieran adoptar. Podrían llevarse... —hizo una pausa para acercarse la taza a los labios—, podrían llevarse un huérfano. —Y se apresuró a añadir—: O incluso dos.

El señor J. L. B. Matekoni se miró fijamente los zapatos.

—No sé, no creo que quisiera adoptar a un niño; pero...

—Pero podrían tener a uno viviendo con ustedes, sin necesidad de pasar por todos los problemas burocráticos y de papeleo —sugirió mma Potokwane—. ¡Imagínese lo bonito que sería!

—Tal vez... no sé. Los niños son una gran responsabilidad.

Mma Potokwane se rió.

—Pero si a usted no le cuesta asumir responsabilidades. Tiene un taller, eso es una responsabilidad. Y dos aprendices, que también lo son, ¿o no? Está acostumbrado a las responsabilidades.

El señor J. L. B. Matekoni pensó en los aprendices. Habían aparecido tímidamente en el taller poco después de haber hablado con la Escuela de Oficios Técnicos, donde le habían ofrecido mandarle dos aprendices. Pese a abrigar grandes esperanzas, le habían decepcionado, prácticamente desde el principio. A su edad, él mismo había sido muy ambicioso, pero era como si ellos lo dieran todo por sentado. Al principio no entendía por qué parecían tan apáticos, pero luego se lo había explicado un amigo:

—Los jóvenes de hoy en día no pueden mostrar entusiasmo —le había dicho—. No lo consideran inteligente.

De modo que eso era lo que les pasaba a esos chicos; querían que se los considerara inteligentes.

Hubo una ocasión en que el señor J. L. B. Matekoni, especialmente enfadado al ver a los dos muchachos sentados, sin entusiasmo, en sus tambores de aceite vacíos mirando a las musarañas, les levantó la voz.

—Así que se creen inteligentes —les gritó—. ¿Es eso lo que piensan?

Los dos aprendices se habían mirado el uno al otro.

—No —respondió uno al cabo de un momento—, no es eso.

Desanimado, el señor J. L. B. Matekoni había dado un portazo en su despacho. Al parecer, carecían de entusiasmo hasta para rebatir su objeción; esto confirmaba lo que ya pensaba de ellos.

Ahora, volviendo a lo de los niños, se preguntó si tenía fuerzas para ocuparse de ellos. Se estaba acercando a una etapa de su vida en la que lo que quería era orden y tranquilidad. Quería poder arreglar motores durante el día en su propio taller y dedicarle las noches a mma Ramotswe. ¡Qué felicidad! ¿Y los niños? ¿No añadirían estrés a su vida cotidiana? A los niños había que acompañarlos al colegio, bañarlos y llevarlos al médico para que les pusieran inyecciones. A los padres se los veía siempre agotados, y se preguntó si eso era lo que realmente querían mma Ramotswe y él.

—Algo me dice que se lo está pensando —dijo mma Potokwane—. Que ya casi se ha decidido.

—No sé...

—Lo que debería hacer es lanzarse —prosiguió ella—. Podría darle los niños a mma Ramotswe como regalo de boda. Las mujeres adoran a los niños. Le encantará. Tendrá marido y niños, ¡todo en un mismo día! A cualquier mujer le gustaría, créame.

—Pero...

Mma Potokwane le interrumpió:

—Veamos, hay dos niños a los que les haría muy felices irse a vivir con usted —comentó—. Lléveselos y veamos qué tal va; pasado más o menos un mes decida si pueden quedarse o no.

—¿Dos niños? ¿Ha dicho dos? —tartamudeó el señor J. L. B. Matekoni—. Yo creía que...

—Son hermanos —se apresuró a decir mma Potokwane—. No nos gusta separar a los hermanos. La niña tiene doce años y el niño sólo cinco. Se portan muy bien.

—No sé... Tendría que...

—De hecho —volvió a interrumpirle mma Potokwane, que se puso de pie—, creo que a uno de ellos ya le conoce. Es esa niña que le llevó agua. La que no puede andar.

El señor J. L. B. Matekoni permaneció callado. Recordaba a esa niña, que se había mostrado muy educada y agradecida con él. Pero ¿no sería demasiado pesado cuidar de un minusválido? Mma Potokwane no había dicho nada al respecto la primera vez que había sacado el tema. Había añadido un niño más, el hermano, y ahora aludía a la silla de ruedas de pasada, como si no tuviese importancia. Dejó de pensar. ¡Él también podría estar en esa silla!

Mma Potokwane estaba mirando por la ventana. Se volvió y se dirigió a él.

—¿Quiere que avise a la niña? —preguntó—. No intento forzarle, señor J. L. B. Matekoni, pero ¿le gustaría volver a verla? ¿Y al niño?

La habitación estaba silenciosa, aparte de un repentino crujido de las planchas de cinc del tejado, que se dilataban por el calor. El señor J. L. B. Matekoni se miró los zapatos y durante unos instantes recordó su infancia, en su ciudad, tan lejana. Y recordó que había experimentado la bondad del mecánico del barrio, quien le había dejado encerar camionetas y ayudar a reparar pinchazos, y quien, gracias a esa bondad, había descubierto y alimentado una vocación. Era fácil aportar algo a la vida de la gente, ¡era muy fácil cambiar el pequeño espacio en que la gente vivía!

—Avíseles —accedió—. Me gustaría verlos.

Mma Potokwane sonrió.

—Es usted un buen hombre, señor J. L. B. Matekoni —dijo—. Daré el recado de que vengan. Tendrán que irlos a buscar a los campos, pero mientras esperamos le contaré su historia. Escuche.

8

Un cuento infantil

—Tiene que entender —explicó mma Potokwane— que, aunque para nosotros sea fácil criticar el modo de actuar de los basarua, deberíamos pensárnoslo bien antes de hacerlo. Si se fija en la vida que llevan, allí, en el Kalahari, sin ganado propio ni casas en las que vivir; si piensa en eso y se pregunta cuánto tiempo usted, yo y otros botsuanos seríamos capaces de vivir así, entonces se dará cuenta de que estos aborígenes son admirables.

»Algunos de ellos vagaban por los linderos de las salinas de Makgadikgadi, en la carretera que conduce al Okavango. No conozco muy bien esa parte del país, pero habré subido allí un par de veces. Recuerdo la primera vez que fui: una extensa y blanca llanura bajo un cielo blanco, con unas cuantas palmeras grandes, y hierba que daba la sensación que crecía de la nada. El paisaje era tan extraño que pensé que había salido de Botsuana y había entrado en algún otro país. Pero sólo un poco más lejos vuelve a ser el de siempre y te sientes cómodo de nuevo.

»Un grupo de masarua vino desde el Kalahari para cazar avestruces. Debieron de encontrar agua en las salinas y luego anduvieron hasta uno de los pueblos que hay a lo largo de la carretera hacia Maun. Los que viven allí a veces desconfían de los basarua porque dicen que, si no se los vigila de cerca, les roban las cabras y ordeñan sus vacas por las noches.

»El grupo se instaló a unos cuatro o cinco kilómetros del pueblo.

No habían construido nada, naturalmente que no, pero dormían entre los arbustos, como solían hacer. Tenían carne en abundancia, acababan de matar varios avestruces, y estaban felices de estar allí hasta que el instinto los impulsara a desplazarse.

»Había algunos niños y una de las mujeres acababa de tener un bebé, un niño. Estaba durmiendo con él a su lado, un poco apartados de los demás. Tenía también una niña, que dormía al otro lado de su madre. Suponemos que la madre se despertó y movió las piernas para estar más cómoda. Por desgracia había una serpiente en sus pies, apoyó el talón sobre su cabeza y la serpiente la mordió. Es así como se producen la mayoría de mordeduras de serpiente. La gente está durmiendo en sus esteras y las serpientes se acercan buscando calor. Entonces, al girarse, aplastan al animal y éste se defiende.

»Le dieron algunas de sus hierbas. Esta gente se pasa el día arrancando raíces y descortezando árboles, pero no hay nada que pueda contra una mordedura de *lebolobolo*, que es lo que debió de atacarla. Según la hija, su madre murió incluso antes de que el bebé se despertara. Naturalmente, esta gente no pierde el tiempo y se dispusieron para enterrarla aquella misma mañana. Pero, tal vez usted lo sepa, señor J. L. B. Matekoni, o tal vez lo ignore, cuando una mosarua muere y aún le está dando el pecho a su hijo, entierran a éste también. No hay comida para mantener a un bebé sin su madre. Así es como funciona.

»La niña se escondió en la sabana y los vio llevarse a su madre y a su hermano. El lugar era arenoso y todo lo que pudieron hacer fue excavar una tumba poco profunda en la que metieron a su madre mientras el resto de las mujeres sollozaba y los hombres cantaban algo. La niña vio también cómo introducían al bebé en la tumba, envuelto en una piel de animal. Luego cubrieron a ambos con tierra y volvieron a su asentamiento.

»En cuanto se fueron, la niña salió de su escondite y se apresuró a escarbar la arena. No tardó mucho y pronto tuvo a su hermano en los brazos. Tenía arena en la nariz, pero aún respiraba. Se volvió a toda prisa y corrió por la sabana en dirección a la carretera, que sabía que no estaba demasiado lejos. Poco después pasó un camión por allí, un camión estatal del Departamento de Tráfico. El conductor aminoró la marcha y luego se detuvo. Debió de sorprenderle ver a una niña mosarua con un bebé en los brazos. Lógicamente, no podía dejarla allí, aunque no entendiera lo que ella intentaba decirle. El hombre estaba volviendo a Francistown y los llevó al Hospital Nyangabwe, donde un enfermero los recibió en la puerta.

»Examinaron al bebé, que estaba delgado y muy enfermo de hongos. La niña tenía tuberculosis, nada fuera de lo común, y la tuvieron un par de meses medicada en la zona de tuberculosos. El bebé se quedó en maternidad hasta que la niña mejoró. Luego les dieron el alta. En el ala de tuberculosos necesitaban su cama para más gente enferma y no era responsabilidad del hospital cuidar de una mosarua que iba con un bebé. Supongo que pensaron que volvería con los suyos, como hacen normalmente.

»Una de las enfermeras del hospital se fijó en ellos. Vio a la niña sentada frente a la puerta del mismo y dedujo que no tenía a donde ir. De modo que se los llevó a su casa y los dejó instalarse en el jardín de la parte de atrás, en la tosca cabaña, prácticamente a la intemperie, que habían usado de trastero, pero que podían despejar para hacer una especie de habitación. La enfermera y su marido daban de comer a los niños, pero no podían acogerlos debidamente ya que tenían dos hijos y no mucho dinero.

»La niña aprendió setsuana con bastante rapidez. Encontró la forma de ganar unas cuantas pulas recogiendo botellas vacías de la orilla de la carretera y revendiéndolas a la licorería. Llevaba al bebé a cuestas, atado con unas tiras de ropa, y nunca le perdía de vista. Hablé con la enfermera y supongo que, aunque no era más que una niña, era una buena madre para el bebé. Le hacía la ropa con desperdicios que encontraba aquí y allí, y le mantenía limpio lavándole debajo del grifo del jardín trasero de la enfermera. A veces iba a mendigar a la entrada de la estación de ferrocarriles, y creo que en ocasiones la gente se apiadaba de ellos y les daba dinero, pero si podía, prefería ganárselo.

»La cosa siguió así durante cuatro años. Entonces, casi sin previo aviso, la niña se puso enferma. Volvieron a llevarla al hospital y detectaron que la tuberculosis le había dañado los huesos gravemente. Algunos se le habían roto y eso le dificultaba el andar. Hicieron lo que pudieron, pero les fue imposible impedir que acabara sin poder caminar. La enfermera buscó una silla de ruedas, que, finalmente, le dio un cura católico. De modo que ahora ella cuidaba del pequeño desde la silla de ruedas y él, a su vez, hacía algunas tareas por ella.

»La enfermera y su marido tenían que trasladarse. El marido trabajaba para una empresa de envasado de carnes y querían que se fuera a Lobatsi. La enfermera había oído hablar del orfanato y me escribió una carta. Le dije que podíamos recibirlos, y hace unos meses fui a Francistown a recogerlos. Desde entonces, como sabe, están con nosotros.

»Ésa es su historia, señor J. L. B. Matekoni. Así es como llegaron aquí.

El señor J. L. B. Matekoni guardó silencio. Miró a mma Potokwane y sus ojos se encontraron. Mma Potokwane llevaba cerca de veinte años trabajando en el orfanato, estaba ahí desde el comienzo, y era inmune a la tragedia, o eso creía ella. Pero la primera vez que oyó esta historia, la que acababa de contar, de boca de la enfermera de Francistown, la afectó profundamente. Y ahora, podía notarlo, también estaba haciendo mella en el señor J. L. B. Matekoni.

—Vendrán enseguida —dijo—. ¿Quiere que les diga que a lo mejor está dispuesto a llevárselos?

El señor J. L. B. Matekoni cerró los ojos. No había hablado de esto con mma Ramotswe y estaba bastante mal cargarla con algo sin consultarla antes. ¿Era así como se había de empezar un matrimonio? ¿Tomar una decisión de tal calibre sin consultar a la mujer de uno? Ciertamente, no.

Y, sin embargo, ahí estaban los niños. La niña en la silla de ruedas, sonriéndole, y el niño, de pie y muy serio, mirando hacia abajo en señal de respeto.

El señor J. L. B. Matekoni contuvo la respiración. En la vida había veces en que uno tenía que actuar, y sospechaba que ésta era una de ellas.

—Niños, ¿os gustaría venir a vivir a mi casa? —preguntó—. Sólo durante un tiempo para ver cómo funcionan las cosas.

La niña miró a mma Potokwane como buscando confirmación.

—Con rra Matekoni estaréis bien —afirmó ella—. En su casa seréis felices.

La niña se volvió a su hermano y le dijo algo que los mayores no oyeron. El niño pensó unos instantes y luego asintió con la cabeza.

—Es usted muy amable, rra —comentó la niña—. Nos gustaría mucho ir con usted.

Mma Potokwane aplaudió.

—Id a hacer las maletas, niños —les dijo—. Decidle a vuestra supervisora que os dé ropa limpia.

La niña giró la silla y salió del despacho, acompañada de su hermano.

—Pero ¿qué he hecho? —murmuró el señor J. L. B. Matekoni.

Mma Potokwane le respondió:

—Algo estupendo.

9

El viento viene de alguna parte

Salieron del pueblo en la pequeña furgoneta blanca de mma Ramotswe. El camino de tierra era accidentado y en algunos puntos se des-
dibujaba, y aparecían grandes baches o se convertía en un auténtico
mar de ondulaciones, que hacían que la furgoneta chirriara y traque-
teara en señal de protesta. La granja estaba a sólo trece kilómetros del
pueblo, pero iban despacio y a mma Ramotswe la tranquilizaba tener
a mma Potsane a su lado. Era fácil perderse en la uniforme sabana,
sin colinas para guiarse y con cada árbol casi idéntico al vecino. No
obstante, para mma Potsane, aunque lo viera borroso, el paisaje era
rico en asociaciones. Con los ojos casi cerrados, miró por la ventana
de la furgoneta y señaló el lugar donde hacía unos años habían encontrado un burro extraviado, y ahí, donde estaba aquella roca, ahí
había muerto una vaca sin motivo aparente. Ésos eran los recuerdos
íntimos que hacían que el país estuviera vivo, que ligaban a la gente a
un trozo de tierra seca, tan valiosa para ellos y tan bella como si estuviese cubierta de suave hierba.

Mma Potsane se inclinó hacia delante.

—Ahí —dijo—. ¿La ve? Veo mejor las cosas de lejos. Desde aquí
la veo.

Mma Ramotswe miró hacia donde ella miraba. La sabana se había espesado, se había vuelto más tupida con los espinos, que ocultaban, aunque no por completo, el contorno de las edificaciones. Algunas eran las típicas ruinas que se encontraban en el sur de África:

paredes encaladas que parecían haberse ido derrumbando hasta quedar a sólo unos cuantos centímetros del suelo, como si las hubieran aplastado; otras aún tenían tejado, o el armazón del tejado: el techo se había hundido, devorado por las hormigas o invadido por los pájaros para hacer sus nidos.

—¿Es ésa la granja?

—Sí. Y ahí, ¿lo ve?, ahí es donde vivíamos.

Tal como mma Potsane le había advertido a mma Ramotswe, la vuelta a casa era triste; ahí era donde había vivido tranquilamente con su marido después de que éste hubiera pasado tanto años fuera, en las minas de Suráfrica. Con los hijos ya mayores, habían vuelto a disfrutar de la compañía mutua y del lujo de una vida sin sobresaltos.

—No teníamos mucho que hacer —explicó—. Mi marido iba cada día a los campos a trabajar y yo me reunía con otras mujeres y hacíamos ropa. El alemán quería que hiciéramos ropa para venderla en Gaborone.

El camino se acabó y mma Ramotswe detuvo la furgoneta bajo un árbol. Estiró las piernas y a través de los árboles observó la construcción que debió de haber sido la casa principal. A juzgar por las ruinas que había esparcidas, debió de haber once o doce casas juntas. «¡Es triste —pensó— que haya tantas casas en este estado en medio de la sabana! Tantas esperanzas, y ahora no quedan más que los cimientos de barro y las paredes derruidas.»

Caminaron hasta la casa principal. Gran parte del tejado había sobrevivido, pues, a diferencia del resto, era de chapa metálica ondulada. También había puertas, viejas puertas con mosquiteras, desenganchadas de los quiciales, y cristales en algunas ventanas.

—Ahí es donde vivían el alemán —comentó mma Potsane—, el estadounidense, la surafricana y algunos otros extranjeros. Los botsuanos vivíamos allí.

Mma Ramotswe asintió.

—Me gustaría entrar en esa casa.

Mma Potsane movió negativamente la cabeza.

—No debe de quedar nada —repuso—. La casa está vacía. No hay nadie.

—Lo sé. Pero ya que hemos venido hasta aquí, me gustaría ver cómo es por dentro. Si no quiere, no es necesario que entre.

Mma Potsane hizo una mueca de disgusto.

—No puedo dejar que entre sola —musitó—. Iré con usted.

Empujaron la mosquitera que bloqueaba la entrada principal. Las termitas habían devorado la madera y cedió con sólo tocarla.

—Las hormigas se comerán el país entero —dijo mma Potsane—. Habrá un día en que sólo habrá hormigas. Se habrán comido todo.

Entraron en la casa, sintiendo de inmediato el frescor que había donde no daba el sol. El aire olía a polvo, un olor acre mezcla del techo derruido y del maderaje impregnado de creosota que había ahuyentado a las hormigas.

Mma Potsane gesticuló.

—¿Lo ve? No hay nada. La casa está vacía. Ya podemos irnos.

Mma Ramotswe ignoró la sugerencia. Estaba examinando un trozo de papel amarilleado que había colgado en una pared. Era una fotografía de un periódico; el retrato de un hombre de pie frente a un edificio. Había habido un titular impreso, pero el papel se había podrido y era ilegible. Le hizo señas a mma Potsane para que se acercara hasta ella.

—¿Quién es este hombre?

Mma Potsane se aproximó a la fotografía y la escudriñó.

—Le recuerdo —dijo—. También trabajó aquí. Es un motsuana. Era muy amigo del estadounidense. Solían pasarse el tiempo hablando sin parar, como harían dos viejos en un *kgotla*.

—¿Era del pueblo? —preguntó mma Ramotswe.

Mma Potsane se rió.

—No, no era de los nuestros. Era de Francistown. Su padre era el director del colegio de allí, un hombre muy inteligente. Éste también lo era, el hijo; era muy inteligente. Sabía muchas cosas. Por eso el estadounidense siempre hablaba con él. En cambio, al alemán no le caía bien. No era amigo suyo.

Mma Ramotswe examinó la fotografía y luego la arrancó con cuidado de la pared y se la metió en el bolsillo. Mma Potsane se había ido y se reunió con ella en la habitación contigua. Allí, en el suelo, yacía el esqueleto de un gran pájaro que, atrapado en la casa, no había podido salir. Los huesos estaban en el lugar donde el pájaro debió caerse y ser despellejado por las hormigas.

—Ésta era la habitación que usaban de despacho —apuntó mma Potsane—. Aquí guardaban todos los recibos y ahí, en esa esquina, tenían una pequeña caja fuerte. La gente les mandaba dinero, ¿sabe? Había gente de otros países que pensaba que este sitio era importante. Creían que podrían demostrar que zonas secas como ésta podían cambiarse. Querían que demostráramos que había personas que podían vivir juntas en un lugar como éste y compartirlo todo.

Mma Ramotswe asintió con la cabeza. Estaba familiarizada con la gente a la que le gustaba probar todo tipo de teorías sobre cómo podían vivir las personas. Había algo del país que los atraía, como si en ese país, vasto y árido, el aire estuviera impregnado de nuevas ideas. Era esta gente la que se había entusiasmado cuando la movilización de brigadas había tenido lugar. Habían considerado que era una muy buena idea pedirles a los jóvenes que trabajaran para otros y ayudaran a construir su país; pero ¿qué tenía eso de extraordinario? ¿Acaso en los países ricos la gente no trabajaba? Tal vez no y por eso esta gente, procedente de esos países, habría encontrado la idea tan emocionante. No había nada malo en ellos, normalmente eran amables y trataban a los botsuanos con respeto; sin embargo, de alguna manera podía resultar pesado recibir consejos. Siempre había alguna organización extranjera ansiosa por decirles a los africanos: esto es lo que hacéis y esto lo que deberíais hacer. Quizás el consejo fuera bueno y puede que en otros sitios funcionase, pero África necesitaba sus propias soluciones.

Con todo, esta granja era otro ejemplo de uno de esos proyectos inviables. No podían cultivarse hortalizas en el Kalahari, y sanseacabó. Había muchas cosas que sí podían crecer en un sitio así, pero eran de aquí, no como los tomates y las lechugas, que no eran de Botsuana o, al menos, no de esta parte del país.

Salieron del despacho y recorrieron el resto de la casa. Algunas de las habitaciones estaban al aire libre y tenían el suelo cubierto de hojas y ramas. Las lagartijas corrieron a esconderse, haciendo susurrar las hojas, y las diminutas salamanquesas, blancas y rosas, se quedaron inmóviles agarradas a las paredes, desconcertadas por unas intrusas totalmente desconocidas. Lagartijas; salamanquesas; el polvo del aire; esto es lo que era, una casa vacía.

Salvo por la fotografía.

Mma Potsane se alegró de estar fuera otra vez y le sugirió a mma Ramotswe enseñarle dónde se habían cultivado las hortalizas. La tierra se había resecado y lo único que quedaba visible del proyecto era una serie de fosos dispersos, ahora convertidos en pequeños cañones por la erosión. Aquí y allí podía verse dónde se habían colocado los postes de madera que soportaban los toldos de malla, pero no había ni rastro de la madera en sí, que, como todo lo demás, había sido devorado por las hormigas.

Mma Ramotswe usó una mano a modo de visera.

—Tanto trabajo —comentó meditabunda— para nada.

Mma Potsane se encogió de hombros.

—Pero si siempre pasa lo mismo, mma —repuso—. Incluso en Gaborone, que está llena de edificios. ¿Cómo sabemos que dentro de cincuenta años seguirán estando ahí? ¿Acaso Gaborone no entra también en los planes de las hormigas?

Mma Ramotswe sonrió. Era una buena reflexión. «Los esfuerzos humanos son así —pensó—, y son así porque somos demasiado ignorantes para entenderlo, o demasiado olvidadizos para recordarlo, por eso nos sentimos seguros para hacer cosas con la intención de que duren. ¿Se acordaría alguien de la Primera Agencia Femenina de Detectives al cabo de veinte años? ¿O de Tlokweng Road Speedy Motors? Probablemente no, y ¿realmente importaba tanto?»

Sus meditaciones la hicieron recordar que no estaba aquí para teorizar sobre arqueología, sino para intentar averiguar algo de lo que había pasado bastantes años atrás. Había venido a leer un lugar, y se había encontrado con que no había nada, o casi nada, que leer. Era como si el viento lo hubiera borrado todo, esparciendo los papeles, cubriendo el suelo de polvo.

Se volvió a mma Potsane, que estaba a su lado, callada.

—¿De dónde viene el viento, mma Potsane?

La mujer se tocó la mejilla, gesto que mma Ramotswe no entendió. Sus ojos parecían huecos, dijo mma Ramotswe para sí; uno se le
había empañado y estaba ligeramente lloroso; debería ir a una clínica.

—De allí —respondió mma Potsane, señalando los espinos y el
vasto cielo, y el Kalahari—. De allí.

Mma Ramotswe no dijo nada. Tenía la sensación de que estaba
muy cerca de entender lo que había pasado, pero no sabía ni expre-
sarlo ni decir por qué tenía esa sensación.

10

Los niños son buenos para Botsuana

La irascible asistenta del señor J. L. B. Matekoni estaba apoyada con abandono en la puerta de la cocina, imponente con su desgastado sombrero rojo, que llevaba indiferentemente ladeado. Su humor había empeorado desde que su jefe le diera tan inquietantes noticias y había pasado sus horas de vigilia reflexionando sobre cómo prevenir la catástrofe. El arreglo que tenía con el señor J. L. B. Matekoni le iba muy bien. No había mucho trabajo que hacer; los hombres nunca se preocupaban de la limpieza y el brillo, y siempre y cuando estuvieran bien alimentados, eran jefes muy poco problemáticos. Y ella, dijera lo que dijera la gorda aquella, alimentaba bien al señor J. L. B. Matekoni. ¡Le había dicho que estaba demasiado delgado! Delgado según ella quizá, pero para la gente normal estaba en bastante buena forma. Se imaginaba perfectamente lo que le debía tener reservado: cucharadas de manteca para desayunar y gruesas rebanadas de pan que le hincharían como a aquel jefe del norte, el que rompió la silla cuando fue de visita a la casa donde su prima trabajaba como asistenta.

Pero más que el bienestar del señor J. L. B. Matekoni le preocupaba su propia y delicada posición. Si tenía que irse a trabajar a un hotel, ya no podría invitar a sus amigos como hasta entonces. Con el sistema actual, los hombres podían ir a verla a la casa mientras su jefe estaba trabajando, sin que él lo supiera, claro está, y podían meterse en el dormitorio del señor J. L. B. Matekoni, que tenía una espaciosa cama de matrimonio que había comprado en la Central de Muebles.

Era muy cómoda (desperdiciada, por cierto, en el caso de un soltero), y a los hombres les gustaba. Le daban dinero, y los regalos mejoraban cuando pasaba un rato con ellos en el cuarto del señor J. L. B. Matekoni. Si algo cambiaba, todo eso terminaría.

La asistenta frunció las cejas. La situación era lo bastante seria como para actuar con urgencia, pero no era fácil saber qué hacer. De nada serviría intentar hablar con él; cuando una mujer como ésa seducía a un hombre, ya no había manera de hacerle cambiar de idea. En circunstancias así los hombres perdían la razón, y si intentaba advertirle de los peligros que le acechaban, el señor J. L. B. Matekoni simplemente no la escucharía. Incluso aunque averiguara algo sobre esa mujer, algo de su pasado, seguramente no prestaría atención a lo que le dijera. ¡Se imaginaba encarándose con él, diciéndole que su futura mujer era una asesina! Esa mujer ha matado a sus dos maridos anteriores, le diría. Les puso algo en la comida y murieron.

Pero él no diría nada y se limitaría a sonreír. No le creo, replicaría; e insistiría en que, aunque le refregara por las narices unos titulares del *Botswana Daily News* que dijeran: «Mma Ramotswe envenena a su marido. La policía requisa las gachas para hacer pruebas. Se ha descubierto que estaban llenas de veneno». No le creería.

Escupió en el polvo. Si no podía hacer nada para que el señor J. L. B. Matekoni cambiara de parecer, entonces tal vez sería mejor que se centrara en mma Ramotswe. Si ella no estuviese, el problema ya se habría solucionado. Si pudiera… No, era una idea espantosa y, además, probablemente tampoco tendría dinero para pagar a un hechicero. Cobraban mucho por eliminar a alguien y, de todas maneras, era demasiado arriesgado. La gente hablaba y la policía iría a buscarla, y no podía imaginarse nada peor que ir a la cárcel.

¡A la cárcel! ¿Y si mandaba a mma Ramotswe unos años a la cárcel? No se puede contraer matrimonio con alguien que está en la cárcel, ni viceversa. De modo que si se descubriera que mma Ramotswe había cometido un crimen y la encerraran durante unos años, todo seguiría como estaba. ¿Y de verdad importaba que no hubiera cometido ningún crimen con tal de que la policía creyera que sí y pudiera hallar pruebas? En una ocasión le habían contado que a un hombre le habían metido en la cárcel porque sus enemigos habían introducido municiones en su casa, y le habían explicado a la policía que las guardaba para las guerrillas. Eso había ocurrido cuando la guerra de Zimbabue, cuando el señor Nkomo tenía a sus hombres cerca de Francistown, y las balas y los revólveres entraban en el país por mucho que la policía tratara de impedirlo. El hombre se había declarado inocente, pero tanto la policía como el juez se habían limitado a reírse.

Actualmente había pocas balas y pistolas, pero aún cabía la posibilidad de encontrar algo escondido en casa de mma Ramotswe. ¿Qué buscaba hoy en día la policía? Creía que le preocupaban las drogas, y los periódicos a veces escribían sobre alguien a quien habían arrestado por traficar con marihuana. Pero la cantidad tenía que ser grande para que a la policía le interesara, y ¿dónde podría conseguirla? La marihuana era cara y seguramente no podría permitirse más que unas cuantas hojas. Así que tendría que pensar en otra cosa.

La asistenta siguió pensando. Una mosca había aterrizado en su frente y descendía por su nariz, despacio. Normalmente se la habría sacudido, pero le había venido al pensamiento algo que se estaba desarrollando con delicia. No hizo caso de la mosca; ni del perro que ladraba en el jardín vecino o la camioneta que cambió ruidosamente de marcha en la carretera que llevaba hacia la vieja pista de aterrizaje. La asistenta sonrió y se echó el sombrero hacia atrás. Uno de sus amigos la ayudaría. Sabía a qué se dedicaba y que era peligroso. Él podría ocuparse de mma Ramotswe, y a cambio le daría esas atenciones de las que, sin duda, disfrutaba, pero que en su casa le eran negadas. Y todos contentos. Él obtendría lo que quería, y ella conservaría su trabajo. El señor J. L. B. Matekoni se vería libre de una devoradora de hombres, y mma Ramotswe tendría su merecido. Estaba todo muy claro.

La asistenta entró en la cocina y empezó a pelar unas patatas. Ahora que la amenaza de mma Ramotswe se estaba disipando, o en breve lo haría, se sintió con una predisposición positiva hacia su caprichoso jefe, que simplemente era débil, como todos los hombres. Hoy le prepararía una magnífica comida. Había carne en la nevera, carne que tenía pensado llevarse a casa, pero que le freiría con un par de cebollas y una buena ración de puré de patatas.

Aún no estaba del todo hecha la comida cuando el señor J. L. B. Matekoni llegó a casa. Oyó la camioneta, el ruido de la verja al cerrarse de golpe y la puerta al abrirse. Normalmente avisaba en voz alta cuando llegaba, un simple «ya estoy en casa» para que ella supiera que ya podía ponerle la comida en la mesa; sin embargo, hoy no había habido grito; pero se oía otra voz. Contuvo el aliento. Se le ocurrió que el señor J. L. B. Matekoni tal vez hubiera invitado a comer a aquella mujer. En ese caso, escondería rápidamente el estofado y diría que no había nada para comer. No podía soportar la idea de que mma Ramotswe se comiera su comida; preferiría dársela a un perro antes que a la mujer que había amenazado su medio de vida.

Se acercó a la puerta de la cocina y miró al pasillo con fijeza. El señor J. L. B. Matekoni estaba justo en la entrada, sujetando la puerta abierta para dejar pasar a alguien.

—Ten cuidado —advirtió—. La puerta no es muy ancha.

Otra voz le respondió, pero no oyó lo que dijo. Era una voz femenina, pero sintió una ráfaga de alivio al darse cuenta de que no era la de esa horrible mujer. ¿A quién había traído a casa? ¿A otra mujer? Eso estaría bien, porque entonces podría decirle a esa tal Ramotswe que él no le era fiel y quizás así el matrimonio terminaría antes de empezar.

Pero en ese momento apareció la silla y vio a la niña, empujada por su hermano pequeño, entrando en la casa. No sabía qué pensar. ¿Qué hacía su jefe trayendo a esos niños a casa? «Deben de ser parientes; los hijos de algún primo lejano.» La antigua norma moral de Botsuana dictaba que había que ocuparse de ellos, sin importar lo distante que fuera la conexión.

—Estoy aquí, rra —gritó—. Su comida está lista.

El señor J. L. B. Matekoni levantó la vista.

—¡Ah...! —exclamó—. ¡He venido con unos niños! También tienen que comer.

—Habrá de sobra —repuso ella—. He hecho un buen estofado.

Atareada chafando las patatas cocinadas más de la cuenta, tardó unos minutos antes de entrar en el salón. Al hacerlo, mientras se limpiaba diligentemente las manos en un trapo de cocina, se encontró al señor J. L. B. Matekoni sentado en su silla. En el otro extremo de la habitación, mirando por la ventana, estaba la chica, con otro niño más pequeño, probablemente su hermano, de pie junto a ella. La asistenta miró a los niños fijamente y entendió al instante qué clase de niños eran. «Son basarua —pensó—. Inconfundibles.» La niña tenía ese color de piel marrón claro, el color de los excrementos del ganado; el niño tenía los ojos como los de esa gente, un poco achinados, y sus nalgas sobresalían como una protuberancia.

—Estos niños han venido a vivir conmigo —anunció el señor J. L. B. Matekoni, apartando la vista mientras hablaba—. Son del orfanato, pero ahora yo cuidaré de ellos.

Los ojos de la asistenta estaban desmesuradamente abiertos. No se esperaba esto. Traerse a casa a los hijos de unos masarua y dejarlos a vivir en ella era algo que no haría una persona digna. No le cabía duda de que eran unos ladrones, y no debería alentárseles a que fueran a vivir a casa de un botsuano respetable. Puede que el señor J. L. B. Matekoni estuviera tratando de ser amable, pero la caridad tenía sus límites.

La asistenta clavó la vista en su jefe.

—¿Van a quedarse aquí? ¿Cuántos días?

El señor J. L. B. Matekoni no la miró. Estaba demasiado avergonzado, pensó.

—Se quedarán mucho tiempo. No tengo ninguna intención intención de devolverlos.

La asistenta se quedó callada. Se preguntó si esto tendría algo que ver con la tal Ramotswe. Quizás hubiera decidido que los niños se quedaran ahí como parte de su plan de controlar la vida del señor J. L. B. Matekoni. Primero mandaba a un par de niños masarua y después se instalaba ella. Puede que incluso el traslado de los niños formara parte de una conspiración contra la propia asistenta, naturalmente. Mma Ramotswe bien podría haber pensado que ésta no aprobaría que esos niños estuvieran en casa, y de esta forma tal vez provocara que se fuera incluso antes de instalarse ella. Bueno, si ése era su plan, entonces haría todo lo que estuviera en su mano para desbaratarlo. Aparentaría que los niños le gustaban y que estaba feliz de tenerlos en casa. Sería difícil, pero podría hacerlo.

—Debéis de estar hambrientos —le dijo a la niña, sonriendo mientras hablaba—. He preparado un buen estofado. De esos que gustan a los niños.

La niña le devolvió la sonrisa.

—Gracias, mma —repuso respetuosa—. Es usted muy amable.

El niño no dijo nada. Estaba mirando a la asistenta con esos ojos desconcertantes, que la hicieron estremecerse. Volvió a la cocina y preparó los platos. Le puso a la niña una buena ración, y quedaba suficiente para el señor J. L. B. Matekoni. Pero al niño le puso poca cantidad de estofado y lo cubrió casi todo con el resto del puré de la olla. No quería incitar al muchacho, y cuanto menos comiera mejor.

Comieron en silencio. El señor J. L. B. Matekoni se sentó a la cabecera de la mesa, con la niña a su derecha y el niño en el otro extremo. La niña tenía que inclinarse hacia delante para comer, ya que la mesa estaba hecha de tal forma que la silla no cabía debajo. Pero se las arregló bastante bien y se acabó el plato enseguida. El niño engulló su comida y luego permaneció sentado con las manos educadamente entrelazadas, observando al señor J. L. B. Matekoni.

Después de comer, el señor J. L. B. Matekoni se acercó a la camioneta y cogió la maleta que habían traído del orfanato. Su supervisora los había provisto de ropa extra, que había puesto en una de esas baratas maletas marrones de cartón que daban a los huérfanos cuando se lanzaban al mundo. Era pequeña, con una lista escrita a máquina enganchada en su parte superior y que enumeraba en dos columnas la ropa proporcionada. «Niño: 2 calzoncillos, 2 pantalones cortos caquis, 2 camisas caquis, 1 jersey, 4 calcetines, 1 par de zapatos, 1 Biblia setsuana. Niña: 3 braguitas, 2 blusas, 1 chaleco, 2 faldas, 4 calcetines, 1 par de zapatos, 1 Biblia setsuana.»

Entró la maleta y acompañó a los chicos a la habitación que ocuparían, la pequeña habitación que había reservado a los invitados que no parecían llegar nunca, la de los dos colchones, el pequeño montón de polvorientas sábanas y la silla. Puso la maleta en la silla y la abrió. La niña se acercó en su silla de ruedas y examinó la ropa, que era nueva. Alargó el brazo y la tocó, vacilante, con cariño, como haría alguien que jamás hubiera tenido ropa nueva.

El señor J. L. B. Matekoni los dejó deshacer la maleta. Salió al jardín y permaneció un instante de pie, bajo el toldo que había frente a la puerta. Sabía que había hecho algo trascendental trayendo a los niños a casa; ahora entendía la magnitud de su acción. Había cambiado el rumbo de la vida de dos personas, y en adelante todo lo que les pasara sería responsabilidad suya. Se sintió momentáneamente consternado por la idea. No sólo había dos bocas más que alimentar, sino que había que pensar en colegios y en alguien que se ocupara de sus necesidades diarias. Tendría que encontrar una niñera; un hombre nunca podría hacer todo lo que los niños necesitaban que se les hiciera. Una especie de supervisora, bastante parecida a la que los había cuidado en el orfanato. Se detuvo. Se había olvidado. Casi era un hombre casado. Mma Ramotswe sería la madre de esos niños.

Se sentó pesadamente en un tambor de gasolina puesto boca abajo. Ahora esos niños eran responsabilidad de mma Ramotswe y él ni siquiera le había consultado su opinión. Se había dejado liar por la persuasiva mma Potokwane para llevárselos y apenas se había detenido a considerar lo que eso implicaba. ¿Podría devolvérselos? Mma Potokwane difícilmente podría negarse porque, posiblemente, aún eran su responsabilidad legal. No habían firmado nada; no había ningún papel que ella pudiera echarle en cara. Pero devolverlos era impensable. Les había dicho a los niños que cuidaría de ellos y eso, a su modo de ver, era más importante que cualquier firma en un documento legal.

El señor J. L. B. Matekoni nunca había faltado a su palabra. Había convertido en una pauta de su trabajo no decirle nunca a un cliente algo que no fuera a cumplir. Lo que a veces le había costado caro. Si le decía a un cliente que la reparación de su coche costaría trescientas pulas, nunca le cobraba más, incluso aunque se encontrara con que el trabajo le había llevado más tiempo. Cosa que le sucedía a menudo con esos dos aprendices tan vagos que tardaban horas en hacer hasta lo más simple. No comprendía cómo podían tardar tres horas en hacerle a un coche una revisión rutinaria. Lo único que había que hacer era sacar el aceite viejo y verterlo en el recipiente de aceite sucio. Luego había que poner aceite nuevo, cambiar los filtros del aceite, comprobar el nivel del líquido de frenos, hacer la puesta a punto y engrasar la caja de cambios. Ésa era la revisión sencilla, que costaba doscientas ochenta pulas. Podía hacerse, como mucho, en una hora y media, pero los aprendices se las ingeniaban para tardar mucho más.

No, no podía romper la promesa que les había hecho a esos niños. Viniera lo que viniere, eran sus niños. Hablaría con mma Ramotswe, y le explicaría que los niños eran buenos para Botsuana y que debían hacer cuanto pudieran por ayudar a esos pobres niños desamparados. Él sabía que ella era una buena mujer, y estaba convencido de que lo entendería y estaría de acuerdo con él. Sí, eso haría, pero quizás aún no.

11

El techo de cristal

Mma Makutsi, secretaria de la Primera Agencia Femenina de Detectives y graduada cum laude en la Escuela de Secretariado de Botsuana, estaba sentada frente a su mesa, mirando afuera a través de la puerta abierta. Prefería dejarla abierta cuando no había movimiento en la agencia (que era casi siempre), pero eso tenía sus desventajas, pues las gallinas a veces entraban y se pavoneaban como si estuvieran en un gallinero. Por un montón de razones de peso, las gallinas no le gustaban. Para empezar, era poco profesional tener gallinas en una agencia de detectives y, además, aparte de eso, las gallinas en sí la irritaban profundamente. Siempre venían las mismas: cuatro gallinas y un decaído y, suponía, impotente gallo, al que las gallinas soportaban por caridad. El gallo estaba cojo y había perdido gran parte de las plumas de una de sus alas. Parecía frustrado, como si fuera perfectamente consciente de su pérdida de estatus, y caminaba siempre a bastantes pasos de distancia por detrás de las gallinas, como un rey consorte relegado por el protocolo a un permanente segundo plano.

Las gallinas parecían igualmente molestas por la presencia de mma Makutsi; como si ella, y no las gallinas, fuera la intrusa. Legalmente, este diminuto edificio de dos pequeñas ventanas y puerta chirriante tendría que ser un gallinero, no una agencia de detectives. Si la miraban fijamente sin pestañear, quizá mma Makutsi se iría, y entonces podrían posarse en las sillas y hacer sus nidos en los archivadores. Eso es lo que querían las gallinas.

—¡Fuera! —gritó mma Makutsi, agitando un periódico enrolla-
do delante de ellas—. ¡Aquí no queremos gallinas! ¡Fuera!

La gallina más grande se giró y la miró con fijeza; en cambio, el
gallo apenas si la miró de reojo.

—¡Te estoy hablando! —chilló mma Makutsi—. Esto no es una
granja para criar gallinas. ¡Fuera!

Las gallinas clocaron indignadas y parecieron dudar unos instantes. Pero cuando mma Makusti empujó hacia atrás su silla e hizo
ademán de levantarse, se dieron la vuelta y empezaron a ir hacia la
puerta, esta vez el gallo en cabeza, cojeando.

Resuelto lo de las gallinas, mma Makutsi volvió a mirar hacia
fuera. La indignaba tener que ahuyentar gallinas del despacho.
¿Cuántas graduadas con sobresaliente de la Escuela de Secretariado
de Botsuana tenían que hacer eso? Había oficinas en la ciudad, grandes edificios de amplias ventanas y con aire acondicionado, donde las
secretarias se sentaban en lustrosas mesas con tiradores cromados.
Había visto estos despachos cuando la escuela las había llevado de visita para conocer de cerca cómo sería su trabajo. Había visto a las secretarias allí sentadas, sonriendo, luciendo caros pendientes y esperando a que un hombre adinerado se les acercara y las pidiera en
matrimonio. En aquel momento había pensado que le gustaría un trabajo como ése, aunque en su caso le interesaba más el trabajo que el
marido. En realidad, había dado por sentado que tendría un trabajo
así, pero al finalizar el curso todas sus compañeras habían acudido a
entrevistas, y ella no había recibido ninguna oferta. Y no entendía
por qué. A algunas chicas, que habían sacado notas mucho peores
que ella, a veces tan bajas como un cincuenta y uno por ciento (un
aprobado pelado), les habían hecho buenas ofertas, y a ella, en cambio (que había sacado el casi inconcebible promedio de noventa y siete por ciento), ninguna. ¿Cómo podía ser?

Fue una de esas chicas con malas notas la que se lo explicó. Ella
también había ido a entrevistas sin éxito.

—Son los hombres quienes dan los trabajos, ¿no es así? —le había dicho ella.

—Sí, supongo que es así —había replicado mma Makutsi—. Estos negocios son de los hombres. Ellos escogen sus secretarias.

—¿Y cómo crees que deciden quién debería ser su secretaria y quién no? ¿Crees que eligen por las notas que tienen? ¿Es así como crees que escogen?

Mma Makutsi estaba callada. Nunca se le había ocurrido que decisiones de esta naturaleza se tomaran a partir de cualquier otra premisa. Todo cuanto le habían enseñado en la escuela llevaba implícito el mensaje de que el esfuerzo ayudaba a conseguir un buen trabajo.

—Bueno —prosiguió su amiga, sonriendo con ironía—, ya veo que sí. Y te equivocas. Los hombres escogen a las mujeres para los trabajos en función de su aspecto físico. Les dan los trabajos a las guapas. A las otras les dicen: «Lo sentimos mucho. Ya no hay vacantes. Lo sentimos mucho. Hay recesión económica mundial, y en tiempos de recesión sólo hay trabajo para las chicas guapas. Es la consecuencia de una recesión mundial, es cuestión de economía».

Mma Makutsi había escuchado atónita. Pero sabía, incluso mientras le hacían esos comentarios desagradables, que era cierto. Quizá su subconsciente ya lo sabía desde antes y sencillamente no se había enfrentado a ello. Las mujeres atractivas conseguían lo que querían, y las que eran como ella, tal vez no tan elegantes como el resto, se quedaban sin nada.

Aquella noche se había mirado en el espejo. Había intentado hacer algo con su pelo, pero había fracasado. Se había puesto un alisador de pelo y había estirado su cabello, y tirado de él, pero éste no había cooperado en absoluto. Y su piel también se había resistido a las cremas que se había aplicado y, como resultado, su color era mucho más oscuro que el de casi todas las chicas de la escuela. Tuvo un arrebato de indignación por su mala suerte. Era desesperante. Incluso con esas enormes gafas redondas que se había comprado, y que le ocultaban medio rostro, no podía disimular el hecho de ser negra en un mundo donde las chicas de piel más clara con una buena dosis de pintalabios rojo tenían todo a su disposición. Ésa era la verdadera e ineludible verdad, que ni toda la ilusión ni todas las cremas y lociones caras podrían cambiar. Lo mejor de esta vida, los buenos trabajos, los maridos ricos, no eran una cuestión de méritos y trabajo duro, sino de brutal e inmutable biología.

Mma Makutsi había permanecido frente al espejo y había llorado. Se había esforzado mucho por obtener un promedio de noventa y siete por ciento en la Escuela de Secretariado de Botsuana, pero, para lo que le había servido, ya podría haber dedicado su tiempo a pasárselo bien y a salir con chicos. ¿Conseguiría algún trabajo, o se quedaría en casa ayudando a su madre a lavar y planchar los pantalones caquis de su hermano pequeño?

La respuesta a su pregunta llegó al día siguiente, cuando solicitó, y le dieron, el trabajo de secretaria de mma Ramotswe. Ésa era la solución. Si los hombres se negaban a fijarse en los méritos, había que trabajar con mujeres. Tal vez no fuera un despacho atrayente, pero, desde luego, resultaba emocionante. Ser la secretaria de una detective privada tenía infinitamente más prestigio que ser la secretaria de un banco o de un despacho de abogados. De modo que, después de todo, quizás había cierta justicia. Quizá todo su trabajo había valido la pena.

Pero aún estaba pendiente el problema de las gallinas.

—Verá, mma Makutsi —dijo mma Ramotswe mientras se acomodaba en su silla, a la espera del té que su secretaria le estaba preparando—, he estado en Molepolole y he encontrado el sitio donde vivía esa gente. He visto la granja y el lugar donde intentaron cultivar hortalizas. He hablado con una mujer que en esa época vivió allí. He visto todo lo que había que ver.

—¿Y ha encontrado algo? —preguntó mma Makutsi mientras vertía el agua caliente en la vieja tetera esmaltada y la revolvía con las hojas de té.

—He tenido una corazonada —respondió mma Ramotswe—. La corazonada de que yo sabía algo.

Mma Makutsi escuchó a su jefa. ¿Qué quería decir con eso de que tenía la corazonada de que sabía algo? O se sabe algo o no se sabe. No se puede pensar que se sabe algo, si ni siquiera se sabe lo que se quiere saber.

—No sé si… —empezó a decir mma Makutsi.

Mma Ramotswe se echó a reír.

—Se llama intuición. Puede leer sobre el tema en el libro de Andersen. Habla de las intuiciones. Nos revelan cosas que tenemos dentro, pero que no sabemos explicar.

—Y la intuición, ¿la tuvo en ese sitio? —preguntó mma Makutsi, vacilante—. ¿Qué le dijo? ¿Dónde estaba ese pobre estadounidense?

—Está ahí —contestó mma Ramotswe con tranquilidad—. Ese chico está ahí.

Durante unos instantes las dos estuvieron en silencio. Mma Makutsi dejó la tetera en la encimera de formica de la mesa y volvió a ponerle la tapa.

—¿Vive ahí? ¿Todavía?

—No —respondió mma Ramotswe—. Está muerto. Pero está ahí. ¿Sabe de qué estoy hablando?

Mma Makutsi asintió con la cabeza. Lo sabía. Cualquier africano sensible sabría a qué se estaba refiriendo mma Ramotswe. Al morir no abandonamos el lugar en el que estábamos cuando vivíamos. En cierta manera seguimos allí; nuestro espíritu sigue allí. Nunca se va. Esto era algo que los blancos sencillamente no entendían. Lo llamaban superstición y decían que creer en esas cosas era indicio de ignorancia. Pero los ignorantes eran ellos. Si no podían entender que somos parte del mundo natural que nos rodea, entonces eran ellos, y no nosotros, los que no veían.

Mma Makutsi le sirvió el té a mma Ramotswe y le dio la taza.

—¿Le dirá esto a la estadounidense? —preguntó—. Seguro que dirá: «¿Dónde está el cuerpo? Enséñeme exactamente dónde está mi hijo». Ya sabe cómo piensa esta gente. Si le dice que está ahí, en alguna parte, pero que no puede señalar el lugar exacto, no la entenderá.

Mma Ramotswe se llevó la taza a los labios, mirando a su secretaria mientras hablaba. Era una mujer astuta, pensó. Sabía perfectamente qué diría la estadounidense, y se daba cuenta de lo difícil que podía llegar a ser transmitirle verdades tan sutiles a alguien que creía que la ciencia podía explicar el mundo entero. Los estadounidenses eran muy inteligentes; enviaban cohetes al espacio e inventaban máquinas que podían pensar más rápido que cualquier ser humano, pero esa inteligencia también podía cegarlos. No comprendían a los demás. Creían que todo el mundo veía las cosas como ellos, pero se equivocaban. La ciencia sólo era una parte de la verdad. Había muchas otras cosas que hacían del mundo lo que era, y los estadounidenses no solían verlas, aunque estuvieran siempre ahí, delante de sus narices.

Mma Ramotswe dejó la taza de té y metió una mano en el bolsillo de su vestido.

—También he encontrado esto —anunció, sacando la fotografía de periódico doblada y pasándosela a su secretaria. Mma Makutsi desdobló el trozo de papel y lo alisó sobre la mesa. Observó la foto un momento antes de mirar a mma Ramotswe.

—Es muy antigua —dijo—. ¿Estaba ahí?

—Estaba colgada de la pared. Había más papeles enganchados. Las hormigas no llegaron a comérselos.

Mma Makutsi volvió a mirar el papel.

—Aparecen unos nombres —comentó—. Cephas Kalumani. Oswald Ranta. Mma Soloi. ¿Quiénes son?

—Vivían ahí —respondió mma Ramotswe—. Debían de estar ahí en esa época.

Mma Makutsi se encogió de hombros.

—Pero aun en el caso de que pudiéramos dar con esa gente y hablar con ellos —objetó—, ¿de qué serviría? La policía ya debió de hablar con ellos entonces. Quizás incluso mma Curtin lo hizo la primera vez que vino.

Mma Ramotswe asintió con la cabeza, estaba de acuerdo con ella.

—Tiene usted razón —concedió—. Pero esa foto me está diciendo algo. Mire sus caras.

Mma Makutsi escudriñó la imagen amarilleada. Había dos hombres en primer plano, de pie junto a una mujer. Detrás de ellos había otro hombre, de rostro borroso, y una mujer medio de perfil. Los nombres de la leyenda hacían referencia a las tres personas de delante. Cephas Kalumani era alto, de extremidades algo larguiruchas, un hombre que parecería desgarbado e incómodo en cualquier fotografía. Mma Soloi, que estaba de pie junto a él, sonreía alegre. Resultaba agradable, la arquetípica motsuana trabajadora, esa clase de mujer que mantenía a una gran familia y que al parecer se pasaba la vida entera limpiando, sin quejarse: limpiando el jardín y la casa, lavando a los niños. Era la foto de una heroína; no reconocida, pero, con todo, heroína.

La tercera figura, Oswald Ranta, era otra historia. Iba bien vestido y era apuesto. Llevaba camisa blanca y corbata y, al igual que mma Soloi, sonreía a la cámara. Sin embargo, su sonrisa era distinta.

—Fíjese en este hombre —dijo mma Ramotswe—. Fíjese en Ranta.

—No me gusta —señaló mma Makutsi—. No me gusta nada su aspecto.

—A eso iba —repuso mma Ramotswe—. Este hombre es el diablo.

Mma Makutsi no dijo nada y durante unos cuantos minutos las dos permanecieron sentadas en absoluto silencio, mma Makutsi con la vista clavada en la fotografía y mma Ramotswe mirando su taza de té. Después habló mma Ramotswe.

—Creo que si en ese lugar ocurrió algo malo, lo hizo este hombre. ¿Cree que tengo razón?

—Sí —contestó mma Makutsi—, la tiene. —Hizo una pausa—. ¿Le encontrará ahora?

—Ése es el siguiente paso —explicó mma Ramotswe—. Preguntaré por ahí y veré si alguien conoce a este hombre; mientras tanto, hay que escribir algunas cartas, mma. Tenemos otros casos de los que ocuparnos. Aquel hombre de la fábrica de cerveza que está preocupado por su hermano. Ya he averiguado algo y podemos escribirle. Pero primero debemos escribir una carta sobre el contable aquel.

Mma Makutsi metió una hoja de papel en la máquina de escribir y esperó a que mma Ramotswe le dictara. La carta no era interesante, hablaba del seguimiento del contable de una empresa, que había vendido la mayoría de activos de la misma y luego había desaparecido. La policía había dejado de buscarle, pero la empresa quería seguirle la pista a sus bienes.

Mma Makutsi tecleó de forma automática. No estaba pensando en lo que estaba haciendo, pero su experiencia le permitía mecanografiar con precisión incluso aunque estuviese pensando en otra cosa.

Ahora estaba pensando en Oswald Ranta y en cómo lo encontrarían. Ranta era un nombre poco habitual y lo más sencillo sería buscarlo en el listín de teléfonos. Oswald Ranta tenía aspecto de ser inteligente y era de esperar que tuviera teléfono. Lo único que tenía que hacer era buscar su nombre y anotar la dirección. Luego, si quería, podría hacer sus indagaciones y obsequiar a mma Ramotswe con la información.

Terminada la carta, se la entregó a mma Ramotswe para que la firmara y se puso a escribir la dirección en el sobre. A continuación, mientras mma Ramotswe escribía una nota en el archivo, abrió su cajón y extrajo el listín de teléfonos de Botsuana. Tal como se imaginaba, sólo había un Oswald Ranta.

—Tengo que llamar un momento por teléfono —dijo—. Tardaré un minuto.

Mma Ramotswe expresó su aprobación con un gruñido. Sabía que mma Makutsi era de fiar con el teléfono, a diferencia de la mayoría de las secretarias, que sabía que utilizaban los teléfonos de sus jefes para poner todo tipo de conferencias y hablar con sus novios, de lugares tan remotos como Maun u Orapa.

Mma Makutsi habló en voz baja y mma Ramotswe no la oyó.

—¿Está rra Ranta, por favor?

—Está en el trabajo. Soy la asistenta.

—Lamento molestarla, mma, pero debo telefonearle al trabajo. ¿Podría decirme dónde trabaja?

—En la universidad. Va allí cada día.

—Ya, ¿y qué número tiene?

Lo anotó en un trozo de papel, le dio las gracias a la asistenta y colgó. Volvió a marcar y de nuevo su lápiz garabateó el papel.

—Mma Ramotswe —dijo con calma—. Tengo toda la información que necesita.

Mma Ramotswe la miró con severidad.

—¿Información? ¿Sobre qué?

—Sobre Oswald Ranta. Vive aquí, en Gaborone. Es catedrático del Departamento de Economía Rural de la universidad. Su secretaria me ha dicho que va cada día a las ocho en punto de la mañana y que cualquiera que desee verle tiene que pedir hora. Ya no hace falta que siga buscando.

Mma Ramotswe sonrió.

—Es usted muy lista —comentó—. ¿Cómo ha averiguado todo esto?

—He mirado en el listín de teléfonos —respondió mma Makutsi—, y luego he llamado para saber el resto.

—Comprendo —repuso mma Ramotswe, aún sonriente—. Lo que ha hecho es de auténtica detective.

Mma Makutsi sonrió por el elogio. De auténtica detective. Aunque no era más que una secretaria, había hecho el trabajo de un detective.

—Me alegra que esté contenta con mi trabajo —comentó al cabo de un rato—. Me hubiera gustado ser detective. Soy feliz siendo secretaria, pero no es lo mismo que ser detective.

Mma Ramotswe arqueó las cejas.

—¿Es eso lo que hubiera querido?

—Sí, desde siempre —contestó mma Makutsi.

Mma Ramotswe pensó en su secretaria. Trabajaba bien y era inteligente, y si tanto significaba para ella, ¿por qué no ascenderla? Podría ayudarla en sus investigaciones, con lo que aprovecharía mucho más el tiempo que estando sentada en su silla esperando a que sonara el teléfono. Podían comprar un contestador automático para atender las llamadas, por si estaba fuera del despacho investigando algo. ¿Por qué no darle la oportunidad y hacerla feliz?

—Pues tendrá lo que desea —dijo mma Ramotswe—. A partir de mañana será detective adjunta.

Mma Makutsi se puso de pie. Abrió la boca para hablar, pero la emoción que sentía le impidió hacerlo. Se sentó.

—Me alegro de que esté contenta —añadió mma Ramotswe—. Ha roto el techo de cristal que impide a las secretarias desarrollar todo su potencial.

Mma Makutsi alzó la vista, como si buscase el techo que acababa de romper. Sólo vio las vigas de siempre, abombadas por el calor y con moscas revoloteando. Pero en ese momento ni el techo de la Capilla Sixtina podría haberle parecido más glorioso, más lleno de alegría y esperanza.

12

De noche en Gaborone

Sola en su casa de Zebra Drive, mma Ramotswe se despertó de madrugada, como solía hacer, cuando la ciudad estaba completamente en silencio; era el momento de mayor peligro para las ratas y otros animales pequeños porque las cobras y las mambas cazaban moviéndose en silencio. Siempre había tenido insomnio, pero ya no le preocupaba. Nunca tardaba más de una hora, aproximadamente, en conciliar el sueño y, como se acostaba pronto, siempre lograba dormir al menos siete horas. Había leído que eran necesarias ocho horas de sueño y que el cuerpo al final pasaba factura. En ese caso, ella siempre lo recuperaba, ya que los sábados normalmente dormía bastante, y los domingos nunca se levantaba temprano; por lo que dormir alguna hora menos cada dos o tres días no tenía importancia.

Recientemente, mientras esperaba a que le trenzaran el pelo en el salón de belleza Póngame Guapa, vio en una revista un artículo que hablaba del sueño. Leyó que había un médico famoso que sabía todo acerca del tema y que daba consejos a aquellos que tenían problemas de sueño. Este doctor Saphiro tenía una clínica especializada justo para la gente que no podía dormir, y les ponía unos cables en la cabeza para ver qué problema tenían. Mma Ramotswe estaba intrigada: aparecía una foto del doctor Saphiro con un hombre y una mujer en pijama, de aspecto soñoliento y desaliñado, con una maraña de cables saliéndoles de la cabeza. Sólo verlos se compadeció de ellos: sobre todo de la mujer, que parecía una infeliz, como si la hubieran obligado a participar en un experimento terriblemente aburrido del que no pudiera escapar. ¿O era el pijama de la clínica con el que aparecía lo que la hacía infeliz?; quizá siempre había deseado salir fotografiada en una revista, y ahora su deseo se había hecho realidad, pero en pijama.

Entonces siguió leyendo y se indignó: «Las personas gordas a menudo tienen dificultades para dormir —continuaba el artículo—. Sufren lo que se llama apnea, que significa que al dormir su respiración se interrumpe. A esta gente se le suele aconsejar que adelgace».

«¡Que adelgace! ¿Qué tendrá que ver el peso?» Había mucha gente gorda que daba la impresión de dormir perfectamente bien; es más, había un hombre gordo que acostumbraba sentarse bajo un árbol delante de la casa de mma Ramotswe, y que la mayor parte del tiempo parecía estar dormido. ¿Le aconsejarían que adelgazara? Mma Ramotswe creía que ese consejo era del todo innecesario y que lo más seguro es que no le aportara sino infelicidad. De ser un gordo sentado plácidamente a la sombra de un árbol, el pobre se convertiría en una persona delgada, sin mucho más que un trasero sobre el que sentarse y, como consecuencia, probablemente no podría dormir.

¿Y qué pasaba con ella? Era gorda, de complexión tradicional, y, sin embargo, no tenía dificultades para dormir lo necesario. Todo formaba parte de un terrible ataque de aquellos que no tenían nada mejor que hacer que dar consejos sobre todo tipo de temas. Esa gente, que escribía en los periódicos y hablaba en la radio, estaba llena de buenas ideas, por ejemplo, cómo hacer que las personas mejoraran. Metían las narices en las vidas de los demás, diciéndoles que hicieran esto y lo otro. Observaban lo que uno comía y le decían que eso no era sano; luego observaban cómo uno educaba a sus hijos y también decían que estaba mal. Y por si fuera poco, solían decir que si no se seguían sus consejos uno podía morirse. Así asustaban tanto a la gente, que ésta tenía la sensación de que debía hacer caso del consejo.

Tenían dos objetivos primordiales, dijo mma Ramotswe para sí. En primer lugar las personas gordas, que ya se estaban acostumbrando a una implacable campaña contra ellas; y, en segundo, los hombres. Mma Ramotswe sabía que los hombres estaban lejos de la perfección, que muchos eran muy malos, egoístas y vagos, y que, en general, habían dirigido África bastante mal. Pero ésa no era razón para tratarlos mal, como hacían algunas de estas personas. Había un montón de hombres buenos por ahí, gente como el señor J. L. B. Matekoni, sir Seretse Khama (primer presidente de Botsuana, estadista, jefe supremo de los bamguato), y el fallecido Obed Ramotswe, su querido papaíto, minero retirado y experto conocedor del ganado.

Echaba de menos a su papaíto y no pasaba un día, ni uno solo, sin que pensara en él. A menudo, cuando se despertaba de madrugada y estaba sola, echada y a oscuras, buscaba en su mente para desenterrar algunos recuerdos de ellos dos juntos: algún fragmento de una conversación, algún gesto, alguna experiencia compartida. Cada recuerdo era para ella un sagrado y preciado tesoro, que la llenaba de cariño. Obed Ramotswe, que había querido a su hija y había ahorrado cada rand, cada centavo que había ganado en esas crueles minas, y que, por ella, había reunido ese magnífico ganado, no había querido nada para sí. No bebía, no fumaba; sólo pensaba en ella y en lo que sería de ella.

¡Si pudiera borrar esos dos horribles años que pasó con Note Mokoti, consciente de que su papaíto estaba sufriendo tanto porque sabía que Note la haría infeliz! Cuando volvió con él, después de que Note se hubiera ido, su padre vio, nada más abrazarla, la cicatriz de la última paliza, pero no dijo nada ni la dejó explicarse.

—No hace falta que me lo cuentes —dijo—. No hace falta que hablemos de ello. Ya ha pasado.

Ella había querido pedirle perdón, decirle que debería haberle preguntado lo que opinaba de Note antes de casarse con él, haberle escuchado, pero estaba demasiado dolida y él tampoco habría querido eso.

Y recordaba su enfermedad, cuando su pecho estaba cada vez más congestionado por la dolencia que mataba a tantos mineros, y cómo le había dado la mano junto a la cabecera de su cama y, después, aturdida, había salido afuera, con ganas de llorar, como cabría esperar, pero sufriendo en silencio; y el turaco que había visto, que la miraba fijamente desde la rama de un árbol y había volado hasta otra más alta, y que, antes de alzar el vuelo, se había girado para volver a mirarla; y el coche rojo que en ese momento había pasado por la calle, con dos niñas en la parte de atrás, que llevaban vestidos blancos y lazos en el pelo, que también la habían mirado y saludado con la mano; y el aspecto del cielo, nublado por la lluvia, con nubes violetas hacinadas en lo alto; y los rayos del horizonte, allí, en el Kalahari, que acercaban el cielo a la tierra, y la mujer que, sin saber que su mundo se había acabado, le gritaba desde el porche del hospital: «Entre, mma. ¡No se quede ahí! Se avecina tormenta. ¡Entre! ¡Deprisa!»

No muy lejos, un pequeño avión que se dirigía a Gaborone empezó a descender sobrevolando la presa, luego perdió más altura, pasó por encima de la zona conocida como el Village y del montón de tiendas de Tlokweng Road, y finalmente, en su último minuto de vuelo, sobre las casas que salpicaban la sabana y lindaban con la pista de aterriza-je. En una de ellas, en la ventana, había una niña mirando. Llevaría una hora despierta, algo le había turbado el sueño, y había decidido levantarse de la cama y mirar por la ventana. La silla de ruedas estaba junto a la cama y había podido sentarse en ella sin ayuda. Después, se había desplazado hasta la ventana abierta y se había quedado allí, sen-tada, contemplando la noche.

Había oído el avión antes de ver sus luces. Se había preguntado qué hacía un avión volando a las tres de la mañana. ¿Cómo podían los pilotos volar de noche? ¿Cómo podían saber hacia dónde iban en esa infinita oscuridad? ¿Y si se equivocaban al girar y se adentraban en el Kalahari, sin luces que los guiaran y donde les parecería que estaban en una oscura cueva?

Vio pasar el avión casi por encima de la casa, vio la forma de sus alas y el luminoso cono que la luz de aterrizaje proyectaba frente a él. Ahora el ruido del motor era fuerte, no era un zumbido lejano, sino un sonido fuerte e intenso. Seguramente despertaría a toda la casa, pensó, pero después de que el avión aterrizara en la pista y el motor se apagara, la casa siguió en silencio.

La niña miró atentamente. En alguna parte, a lo lejos, había una luz, tal vez en la propia pista de aterrizaje, pero, aparte de eso, todo estaba oscuro. La casa estaba de espaldas a la ciudad, no de cara a ella, y más allá del jardín no había más que árboles, matorrales, un montón de hierba y espinosos arbustos, y la extraña presencia de un túmulo de termitas rojo.

Se sentía sola. Había dos personas más durmiendo en la casa: su hermano pequeño, que de noche nunca se despertaba, y ese buen hombre que le había arreglado la silla y que luego se los había llevado a su casa. No la asustaba estar allí; se sentía segura estando a cargo de ese hombre; era como el señor Jameson, administrador de los donativos que mantenían el orfanato. Era un buen hombre que sólo pensaba en los huérfanos y en sus necesidades. Al principio le había costado entender cómo podía haber gente como él. ¿Por qué había gente que se preocupaba por los demás, si ni siquiera eran parientes? Ella cuidaba de su hermano, pero ésa era su obligación.

Un día la supervisora había intentado explicárselo:

—Hay que cuidar de los demás —le había dicho—. Los demás son nuestros hermanos y hermanas. Si son desdichados, nosotros también lo somos. Si pasan hambre, nosotros también. ¿Lo entiendes?

La niña lo había entendido. También sería su deber cuidar de otra gente. Si no pudiera tener hijos, cuidaría de otros niños. Y podría cuidar de ese buen hombre, el señor J. L. B. Matekoni, y asegurarse de que su casa estuviera limpia y ordenada. Ése sería su trabajo.

A algunas personas las cuidaban sus madres. Ella sabía que no pertenecía a ese grupo. Pero ¿por qué había muerto su madre? Ya sólo la recordaba vagamente. Recordaba su muerte y el llanto de las otras mujeres. Recordaba al bebé, que se lo sacaron de los brazos y lo enterraron. Recordaba haberlo desenterrado, pero no estaba segura. A lo mejor lo había hecho alguien más, alguien que luego le había dado el bebé. Y recordaba haberse ido y haber estado en un sitio extraño.

Tal vez algún día encontraría un sitio donde quedarse. Eso estaría bien; saber que el sitio donde una está le pertenece, que es suyo.

13

Un problema ético

Había algunos clientes que se ganaban la simpatía de mma Ramotswe nada más empezar a contarle sus historias. Con otros no podía una simpatizar porque los movían el egoísmo, la avaricia, o a veces una paranoia patente. Pero los casos sinceros, los casos que hacían que ser detective fuera una vocación auténtica, le desgarraban a una el corazón. Mma Ramotswe sabía que el del señor Letsenyane Badule era uno de ésos.

Apareció sin pedir hora, al día siguiente de que mma Ramotswe viajara a Molepolole. Era el primer día de mma Makutsi como detective adjunta y mma Ramotswe acababa de explicarle que, aunque ahora era una detective privada, aún tenía que hacer tareas de secretaria.

Se había dado cuenta de que, para evitar malentendidos, tenía que abordar el tema cuanto antes.

—No puedo contratar una secretaria y una detective adjunta —dijo—. La agencia es pequeña. No gano mucho. Ya lo sabe, es usted quien hace las facturas.

La expresión de la cara de mma Makutsi había cambiado. Se había puesto su vestido más elegante y se había hecho, sin éxito, algo en el pelo: pequeños mechones de tamaño exacto que le salían disparados.

—Entonces, ¿sigo siendo sólo secretaria? —preguntó—. ¿Tengo que contentarme únicamente con seguir tecleando?

Mma Ramotswe sacudió la cabeza.

—No es que haya cambiado de idea —le aclaró—. Es una adjunta a detective privada, pero alguien tendrá que escribir a máquina, ¿no? Eso debe hacerlo una detective adjunta; eso y otras cosas.

A mma Makutsi se le iluminó el rostro.

—Ya lo he entendido. Seguiré haciendo lo que hacía, pero también haré más cosas. Tendré clientes.

Mma Ramotswe respiró hondo. No había contemplado la posibilidad de darle a mma Makutsi clientes propios. Su idea era adjudicarle tareas que hiciera bajo supervisión. El control de los casos en sí tenía que ser su responsabilidad. Pero entonces recordó. Recordó que de pequeña había trabajado en ese pequeño comercio que vendía de todo y que se autocalificaba de honrado, en Mochudi, y lo contenta que se había puesto la primera vez que le habían dejado hacer un inventario. Era egoísta quedarse con todos los clientes. ¿Cómo podía alguien hacer carrera, si los que estaban arriba se reservaban el trabajo más interesante?

—Sí —repuso con tranquilidad—. Podrá tener clientes, pero yo decidiré con cuáles se quedará. A lo mejor no tendrá grandes clientes... al principio. Podrá empezar con los pequeños e ir subiendo.

—Me parece bastante razonable —apuntó mma Makutsi—. Gracias, mma. No quiero correr antes de aprender a andar. Es lo que nos decían en la Escuela de Secretariado de Botsuana, que aprendiéramos primero las cosas sencillas y luego las difíciles, y no al revés.

—Buena filosofía —dijo mma Ramotswe—. A muchos jóvenes de hoy en día no se les ha enseñado esto. Quieren los grandes puestos nada más empezar. Quieren empezar por arriba, ganando mucho dinero y teniendo un gran Mercedes-Benz.

—Eso no es sensato —repuso mma Makutsi—. Hay que hacer las cosas pequeñas de joven y ascender para hacer las grandes más adelante.

—Mmm... —dijo mma Ramotswe pensativa—. Estos Mercedes-Benz no le han ido nada bien a África. Creo que son coches magníficos, pero todos los ambiciosos del continente quieren uno antes de habérselo ganado. Y eso ha traído muchos problemas.

—Cuantos más Mercedes-Benz haya en un país —concluyó

mma Makutsi—, peor estará el país. Un país sin Mercedes-Benz sería un buen país. De eso puede estar segura.

Mma Ramotswe clavó la vista en su ayudante. Era una teoría interesante, que más tarde podrían discutir detalladamente; mientras, había un par de cosas aún por resolver.

—Seguirá preparando el té —ordenó con firmeza—. Siempre lo ha hecho muy bien.

—Me encanta hacer el té —replicó mma Makutsi sonriendo—. No hay razón por la que una detective privada adjunta no pueda preparar el té, si no hay nadie bajo sus órdenes que lo haga.

Había sido una discusión delicada y mma Ramotswe se alegraba de que hubiera terminado. Pensó que lo mejor sería que le asignara un caso a su ayudante lo antes posible, para evitar tensiones, y cuando, a última hora de la mañana, apareció el señor Badule, decidió que ese caso sería para mma Makutsi.

Llegó en un Mercedes-Benz, uno viejo y, por tanto, moralmente insignificante, con marcas de herrumbre alrededor de las ventanas traseras y una gran abolladura en la puerta del conductor.

—No soy de los que normalmente recurre a los detectives privados —dijo, sentándose nervioso en el borde de la cómoda silla reservada a los clientes. Frente a él, las dos mujeres sonreían tranquilizadoras. La mujer gorda, que sabía que era la jefa porque había visto su foto en el periódico, y esa otra de extraño pelo y estrambótico vestido, probablemente su ayudante.

—No tiene de qué avergonzarse —comentó mma Ramotswe—. Por esa puerta entra todo tipo de gente. No es ninguna deshonra pedir ayuda.

—En realidad —intervino mma Makutsi—, son los fuertes los que piden ayuda. A los débiles les da demasiada vergüenza venir.

Mma Ramotswe asintió con la cabeza. Al cliente parecieron tranquilizarle las palabras de mma Makutsi. Era una buena señal. No todo el mundo sabe cómo hacer que un cliente se sienta cómodo, y era un buen augurio que mma Makutsi hubiera demostrado ser capaz de escoger bien las palabras.

La brida del ala del sombrero del señor Badule se estaba soltando, y el hombre se reclinó en la silla.

—Estoy muy preocupado —explicó—. Cada día me despierto en plena noche y no puedo volver a dormirme. Me quedo en la cama dando vueltas y no puedo sacarme esta idea de la cabeza. Está ahí todo el rato, dando vueltas y vueltas. Es una pregunta que me hago una y otra vez.

—Y nunca encuentra la respuesta, ¿verdad? —preguntó mma Makutsi—. La noche es un mal momento para las preguntas que no tienen respuesta.

El señor Badule la miró.

—Tiene usted toda la razón, hermana. No hay nada peor que preguntarse algo por la noche.

Hizo una pausa y durante unos instantes nadie habló. Fue mma Ramotswe quien rompió el silencio.

—¿Por qué no nos habla de usted, rra? Luego ya volveremos a esta pregunta que tanto le preocupa. Primero mi ayudante nos preparará a todos una taza de té.

El señor Badule asintió con la cabeza ansiosamente. Parecía a punto de llorar, y mma Ramotswe sabía que el ritual del té, con la taza caliente en contacto con la mano, de alguna manera haría que la historia fluyera y apaciguara la mente de este hombre turbado.

—No soy un hombre importante —empezó el señor Badule—. Soy de Lobatsi. Mi padre trabajó allí muchos años de ordenanza del Tribunal Supremo. Trabajaba para los británicos y le concedieron dos medallas con la efigie de la reina. Las llevaba puestas cada día, incluso después de jubilarse. Cuando acabó su servicio, uno de los jueces le dio una azada para que trabajara sus tierras. La había mandado hacer en el taller de la cárcel, y los prisioneros, siguiendo sus instrucciones, habían grabado en el astil una inscripción mediante un clavo al rojo. Decía: «Badule, excelente ordenanza que sirvió con lealtad a Su Majestad y a la República de Botsuana durante cincuenta años. Empleado leal y probadamente fiel. Señor Justice Maclean, juez pedáneo, Tribunal Supremo de Botsuana».

»Ese juez era un buen hombre y conmigo también se portó bien. Habló con uno de los curas de la Escuela Católica y me dejaron entrar en cuarto curso. Trabajé duro en ese colegio, y cuando informé de que otro niño había robado carne de la cocina, me hicieron delegado de clase.

»Me saqué el Certificado del Colegio de Cambridge, y después conseguí un trabajo en la Comisión Cárnica. Allí también trabajé duro y de nuevo informé de otros empleados que robaban carne. No lo hice porque quisiera un ascenso, sino porque no me gusta nada la falta de honradez. Es una cosa que aprendí de mi padre. Como ordenanza del Tribunal Supremo, veía a todo tipo de gentuza, incluso a asesinos. Los veía ahí de pie, en el tribunal, mintiendo porque sabían que los habían pillado. Vio cómo los jueces los condenaban a muerte y cómo hombres grandes y fuertes, que habían pegado y apuñalado a otra gente, se convertían en niños pequeños que, aterrorizados y sollozando, pedían perdón por sus malos actos, que igualmente habían dicho que no habían cometido.

»Habiendo vivido eso, no es de extrañar que mi padre les enseñara a sus hijos a ser honestos y decir siempre la verdad. Por eso no dudé en acusar a esos empleados deshonestos y mis jefes se alegraron mucho.

»—Ha impedido que unas malas personas roben carne de Botsuana —dijeron—. No podemos ver lo que hacen nuestros empleados y usted nos ha ayudado.

»No esperaba una recompensa, pero me ascendieron. Y en mi nuevo trabajo, en la oficina central, descubrí a más gente que robaba carne, esta vez de una forma más inteligente e indirecta, pero, en definitiva, robando. De modo que escribí una carta al director general diciéndole: "Aquí, en la oficina central, delante de sus propias narices, les están robando carne". Después puse los nombres, en orden alfabético, firmé la carta y la envié.

»Estaban muy contentos y por eso volvieron a ascenderme. A esas alturas, todos los que robaban habían sido amenazados con tener que dejar la compañía, por lo que ya no tenía más que hacer en ese sentido. Pero siguió yéndome bien y, finalmente, había ahorrado suficiente dinero para montar mi propia carnicería. En la compañía lamentaron que me fuera, pero me dieron un sustancioso cheque y monté mi carnicería justo en las afueras de Gaborone. Tal vez la haya visto en la carretera de Lobatsi. Se llama Carnicería Honesta.

»Funciona bastante bien, pero no me da para ahorrar mucho. Y eso es debido a mi mujer. Es una mujer elegante, a la que le gusta la moda, pero trabajar, poco. No me importa que no trabaje, pero me molesta ver que se gasta tanto dinero en trenzarse el pelo y en vestidos nuevos confeccionados por el sastre indio. Yo no soy elegante, pero ella sí, es muy elegante.

»Después de casarnos estuvimos muchos años sin hijos, pero luego se quedó embarazada y tuvimos un niño. Yo me sentía muy orgulloso, y mi única pena era que mi padre ya no viviera para poder ver a su maravilloso y recién nacido nieto.

»Mi hijo no es muy listo. Le enviamos a la escuela de primaria que tenemos cerca de casa y no paraban de llegarnos notas diciendo que tenía que esforzarse más, que su letra era desastrosa y que cometía muchas faltas de ortografía. Mi mujer dijo que habría que mandarle a un colegio privado, donde los profesores serían mejores y le obligarían a escribir mejor, pero a mí me preocupaba no poder pagarlo.

»Cuando se lo comenté, se enfadó.

»—Si no puedes pagarlo —me dijo—, me iré a una organización benéfica que conozco y les pediré que corran con los gastos.

»—No hay organizaciones así —repuse—. Si hubiera, estarían a rebosar. Todo el mundo quiere que su hijo vaya a un colegio privado. Tendrían a todos los padres de Botsuana haciendo cola para pedir ayuda. Es imposible.

»—¿Ah, sí? ¿Eh? —dijo—. Hablaré mañana con ellos; ya verás. Tú espera y verás.

»Al día siguiente se fue a la ciudad y al volver me dijo que estaba todo arreglado.

»—Pagarán todo para que vaya a Thornhill. Empezará el trimestre próximo.

»Estaba sorprendido. Como saben, *Bomma*, Thornhill es un muy buen colegio y pensar que mi hijo iría allí era muy emocionante. Pero no podía entender cómo mi mujer había logrado convencer a la

organización benéfica de que lo pagara, y cuando le pedí que me diera detalles para poderles escribir una carta dándoles las gracias, me
dijo que era un secreto de la organización.

»—Hay organizaciones que no quieren publicar sus buenas
obras a los cuatro vientos —me explicó—. Me han pedido que no hable de esto con nadie. Pero si quieres darles las gracias, puedes escri-
birles una carta; se la daré de tu parte.

»La escribí, pero no me contestaron.

»—Están demasiado ocupados para escribir a todos los padres a
los que ayudan —me dijo mi mujer—. No entiendo de qué te quejas.
Están pagándolo, ¿no? Pues deja de molestarles con tanta carta.

»Sólo les había escrito una, pero mi mujer siempre exagera las
cosas, al menos conmigo. Me acusa de estar "todo el día comiendo
cientos de calabazas", cuando como menos que ella. Dice que cuando ronco hago más ruido que un avión, cosa que no es verdad; que
siempre me gasto dinero en el vago de mi sobrino y que le mando miles de pulas al año. En realidad, sólo le doy cien pulas por su cum-
pleaños y otras cien como regalo de Navidad. No sé de dónde saca
eso de los miles de pulas. Ni todo el dinero para llevar la vida que lleva. Dice que lo ahorra siendo prudente en casa, pero no tiene sentido. Les hablaré de esto un poco más tarde.

»Pero no me malinterpreten, señoras. No soy uno de esos maridos a los que no les gusta su mujer. Soy muy feliz con mi mujer. Cada
día pienso en lo feliz que soy de estar casado con una mujer elegante,
que hace que en la calle la gente se gire para mirarla. Muchos carni-
ceros están casados con mujeres que no son muy atractivas, pero yo
no soy uno de ellos. Soy el carnicero de la mujer atractiva, y eso hace
que me sienta orgulloso.

»También estoy orgulloso de mi hijo. Cuando entró en Thornhill, iba atrasado en todas las asignaturas y me preocupaba que le
cambiaran a un curso inferior. Pero hablé con la profesora y me dijo
que no me preocupara, que el chico era muy inteligente y no tardaría
en ponerse al día. Dijo que los niños inteligentes, si se lo proponen,
tardan menos en superar las dificultades.

»A mi hijo le gustaba el colegio. Enseguida sacó sobresalientes
en matemáticas, y su caligrafía mejoró tanto que parecía que fuera de

otro niño y no suya. Hizo una redacción que aún guardo sobre "Las causas de la erosión del suelo de Botsuana" y que un día, si quieren, les enseñaré. Es muy bonita, y creo que si sigue así algún día será ministro de Minas, o quizá ministro de Recursos Hidráulicos. ¡Y pensar que es hijo de un vulgar carnicero y nieto de un ordenanza del Tribunal Supremo!

»Deben de estar pensando: ¿de qué se queja este hombre? Tiene una mujer elegante, un hijo inteligente y una carnicería. ¿De qué se queja? Y entiendo que puedan pensarlo, pero no es eso lo que me preocupa. Cada noche me despierto pensando lo mismo. Cada día, cuando vuelvo del trabajo y veo que mi mujer aún no está en casa y la espero hasta las diez o las once, la ansiedad me corroe el estómago como a un animal hambriento. Porque, verán, *Bomma*, la verdad de la historia es que creo que mi mujer se ve con otro hombre. Sé que hay muchos hombres que dicen lo mismo y no son más que suposiciones, y espero que ése sea mi caso y me esté equivocando, pero no podré estar tranquilo hasta que sepa si lo que me temo es cierto.

Cuando, finalmente, el señor Badule se fue en su abollado Mercedes-Benz, mma Ramotswe miró a mma Makutsi y sonrió.

—Muy fácil —le dijo—. Creo que este caso es muy fácil, mma Makutsi. Tendría que poderlo resolver por usted misma sin ningún problema.

Mma Makutsi volvió a su mesa, alisándose la tela de su elegante vestido azul.

—Gracias, mma. Lo haré lo mejor que pueda.

Mma Ramotswe asintió con la cabeza.

—Sí —prosiguió—. Es el claro caso del hombre que tiene una mujer que se aburre. La historia de siempre. Leí en una revista que es el tipo de historia que les gusta leer a los franceses. Hay una novela que habla de una francesa llamada mma Bovary a la que le pasa exactamente lo mismo; es una novela muy famosa. Esta mujer vivía en el campo y no le gustaba estar siempre con el estúpido de su marido.

—Es mejor casarse con un hombre estúpido —apuntó mma Makutsi—. Esta mma Bovary era muy tonta. Los hombres estúpidos son muy buenos maridos. Siempre son fieles y nunca se van con otras mujeres. Es usted muy afortunada por estar prometida con un…

Hizo una pausa. No había querido decirlo y, sin embargo, ya era demasiado tarde. No creía que el señor J. L. B. Matekoni fuera un estúpido; era de fiar, era mecánico, y seguro que sería un marido estupendo. Eso es lo que había querido decir; en realidad, no había sido su intención dar a entender que era estúpido.

Mma Ramotswe la miró con fijeza.

—¿Con un qué? ¿Soy muy afortunada por estar prometida con un qué?

Mma Makutsi se miró los zapatos. Estaba abochornada y confusa. Los zapatos, su mejor par, el par de los tres relucientes botones cosidos a lo ancho de la pala, le devolvieron la mirada, como siempre hacen.

Entonces mma Ramotswe se echó a reír.

—No se preocupe —la tranquilizó—. Sé a qué se refiere, mma Makutsi. Puede que el señor J. L. B. Matekoni no sea el hombre más inteligente de la ciudad, pero sí una de las mejores personas. Puedo confiar en él para todo. Nunca me fallaría. Y sé que nunca me escondería nada. Y eso es muy importante.

Agradecida por la comprensión de su jefa, mma Makutsi se apresuró a darle la razón:

—Ese tipo de hombres son, con mucho, los mejores —dijo—. Si alguna vez tengo la suerte de encontrar a un hombre así, espero que me pida que me case con él.

Miró de nuevo sus zapatos y sus miradas se encontraron. «Los zapatos son realistas», pensó. Parecía que le estuvieran diciendo: «No habrá suerte. Lo sentimos, pero no habrá suerte».

—Bueno —dijo mma Ramotswe—. Dejemos el tema de los hombres en general y volvamos al señor Badule. ¿Qué opina? El libro del señor Andersen dice que hay que tener una hipótesis. Hay que partir de algo para probarlo o refutarlo. Estamos de acuerdo en que mma Badule parece aburrida, pero ¿cree que hay algo más que eso?

Mma Makutsi arqueó las cejas.

—Creo que algo hay. El dinero lo saca de alguna parte, es decir, de un hombre. Está pagando los gastos del colegio con lo que ahorra de lo que le da ese hombre.

Mma Ramotswe asintió con la cabeza.

—Entonces lo único que tiene que hacer es seguirla un día y ver adónde va. Tendría que conducirla directamente a este otro hombre. Vea cuánto tiempo está allí y hable con la criada. Déle cien pulas y le contará lo que quiera. A las criadas les gusta hablar de lo que sucede en las casas de sus jefes. Los jefes a menudo creen que las criadas no oyen ni ven. Las ignoran. Y luego, un día, se dan cuenta de que han oído y visto todos sus secretos, y están dispuestas a contárselos a la primera persona que les pregunte. Esa criada se lo contará todo. Ya lo verá. Y, después, tendrá que decírselo al señor Badule.

—Esa parte no me gustará nada —señaló mma Makutsi—. El resto no me importa, pero contarle al pobre hombre las maldades de su mujer no me resultará fácil.

Mma Ramotswe la calmó:

—No se preocupe. Casi siempre que los detectives tenemos que decirle algo así a un cliente, el cliente ya lo sabe. Sólo les damos la prueba que están buscando. Lo saben todo. Nunca les decimos nada nuevo.

—Aun así… —insistió mma Makutsi—. ¡Pobre hombre! ¡Pobre hombre!

—Es posible —añadió mma Ramotswe—, pero recuerde que, en Botsuana, por cada mujer infiel hay quinientos cincuenta hombres infieles.

Mma Makutsi silbó.

—La cifra es increíble —comentó—. ¿Dónde lo ha leído?

—En ningún sitio. —Mma Ramotswe ahogó una risita—. Me lo he inventado, pero eso no quiere decir que no sea cierto.

Para mma Makutsi fue maravilloso el momento en que empezó la investigación de su primer caso. No tenía permiso de conducir, por lo que le tuvo que pedir a su tío, que había conducido un camión del Gobierno y que ahora estaba jubilado, que la acompañara en el viejo Austin que alquilaba con los servicios de chófer para bodas y funerales. El tío estaba emocionado por haber sido incluido en una misión de esa índole y se puso un par de gafas oscuras para la ocasión.

Salieron temprano hacia la casa que había junto a la carnicería, que era donde vivían el señor Badule y su mujer. Era una casa pequeña, ligeramente descuidada; estaba rodeada de papayos, y tenía un tejado de planchas de cinc pintadas de color plateado que necesitaba ser reparado. El jardín estaba prácticamente vacío, aparte de los papayos y una hilera de cañacoros marchitos a lo largo de la parte anterior de la casa. En la parte trasera, pegados a la valla de alambre que delimitaba la propiedad, estaban las chozas de los criados, y un cobertizo que hacía las veces de garaje.

Era difícil encontrar el sitio adecuado para esperar, pero al final mma Makutsi decidió que aparcarían justo a la vuelta de la esquina, medio escondidos por el pequeño puesto de comida preparada donde vendían maíz asado, tiras de carne seca cubierta con huevos de mosca y, para aquellos que querían un verdadero manjar, deliciosas bolsas de gusanos mopani (los extraídos del árbol mopani y que se comen tras haberlos dejado secar). No había motivo para no aparcar allí; sería un buen sitio para que se encontraran dos amantes, o para alguien que esperara la llegada de un familiar del campo en uno de los desvencijados autobuses que venían a toda velocidad por la carretera de Francistown.

El tío estaba entusiasmado y encendió un cigarrillo.

—He visto muchas películas sobre esto —dijo—. Nunca me hubiera imaginado que estaría haciendo esto, aquí, en Gaborone.

—No todo el trabajo de un detective privado es tan fascinante —repuso la sobrina—. Tenemos que tener paciencia. Mucho de nuestro trabajo consiste simplemente en sentarse y esperar.

—Lo sé —afirmó el tío—. Eso también lo he visto en las películas. He visto a detectives sentados en sus coches comiendo bocadillos mientras esperan. Entonces alguien empieza a disparar.

Mma Makutsi arqueó las cejas.

—No hay disparos en Botsuana —apuntó—. Es un país civilizado.

Se produjo un agradable silencio y observaron a la gente que iniciaba sus tareas matutinas. A las siete en punto la puerta de la casa de los Badule se abrió y salió un niño vestido con el uniforme característico de Thornhill. Permaneció un instante frente a la casa, se ajustó la correa de la cartera y después subió por el camino que conducía hasta la verja principal.

Entonces giró con brío a la izquierda y bajó la calle a grandes pasos.

—Ése es el hijo —comentó mma Makutsi en voz baja, aunque nadie podía oírlos—. Tiene una beca en Thornhill. Es un chico inteligente y escribe muy bien.

El tío parecía interesado.

—¿Quieres que lo apunte? —preguntó—. Podría ir anotando lo que pasa.

Mma Makutsi estuvo a punto de explicarle que no era necesario, pero cambió de idea. Así le tendría ocupado; además, tampoco había nada de malo en ello. De modo que el tío anotó en un trozo de papel que había sacado de su bolsillo: «El hijo de los Badule abandona la casa a las siete de la mañana y se va al colegio andando».

Le enseñó lo que había escrito y ella asintió con la cabeza.

—Sería usted un gran detective, tío —le dijo. Y añadió—: Lástima que sea demasiado viejo.

Al cabo de veinte minutos el señor Badule salió de la casa y fue hasta la carnicería. Abrió la puerta y dejó entrar a sus dos ayudantes, que le habían estado esperando bajo un árbol. Unos cuantos minutos después uno de los ayudantes, ahora llevando un delantal lleno de manchas de sangre, apareció con una gran bandeja de acero inoxidable, que lavó debajo de una cañería que salía del lateral del edificio. Entonces llegaron dos clientes, uno había ido andando calle arriba y otro había bajado de un autobús que había parado justo pasado el puesto de comida.

«Entran clientes tienda —escribió el tío—. Después salen con bolsas. Probablemente carne.»

De nuevo le enseñó lo anotado a su sobrina, que asintió con la cabeza aprobatoriamente.

—Muy bien. Magnífico. Pero la que nos interesa es la mujer —objetó—. Pronto entrará en acción.

Esperaron cuatro horas más. Entonces, poco antes de las doce, cuando el coche se había vuelto sofocante debido al calor y justo en el momento en que mma Makutsi estaba empezando a ponerse nerviosa porque su tío no paraba de tomar notas, vieron a mma Badule que salía por la parte posterior de la casa y se dirigía hacia el garaje. Se subió al abollado Mercedes-Benz y salió marcha atrás por el camino de entrada. Ésa fue la señal para que el tío pusiera el vehículo en marcha y, a una distancia considerable, siguiera al Mercedes en dirección a la ciudad.

Mma Badule conducía rápido y al tío le costaba no quedarse atrás con su viejo Austin, pero aún no la habían perdido de vista cuando torció hacia el camino de entrada a una gran casa en Nyerere Drive. Pasaron de largo despacio, y apenas la distinguieron bajándose del coche y zanqueando hacia el sombreado porche. Luego la frondosa vegetación del jardín, mucho más rica que los miserables papayos de la casa del carnicero, les ocultó la vista.

Pero no del todo. Volvieron la esquina lentamente y aparcaron en el lateral de la calle, bajo un jacarandá.

—¿Y ahora qué hacemos? —preguntó el tío—. ¿Esperamos hasta que salga?

Mma Makutsi estaba indecisa.

—No tiene mucho sentido quedarse aquí sentado —contestó—. Lo que realmente nos interesa es lo que está pasando dentro de la casa.

Recordó el consejo de mma Ramotswe. Si se las podía persuadir de que hablaran, la mejor fuente de información eran, sin lugar a dudas, las criadas. Ahora era la hora de comer y las criadas estarían ocupadas en la cocina; pero dentro de más o menos una hora tendrían un rato de descanso y se retirarían a sus habitaciones, a las cuales podía accederse con bastante facilidad por el estrecho camino de servicio que recorría la parte posterior de las viviendas. Ése sería el momento de hablar con ellas y ofrecerles los frescos billetes de cincuenta pulas que mma Ramotswe le había dado la noche anterior.

El tío quería acompañarla y mma Makutsi tuvo sus dificultades para convencerle de que podía ir sola.

—Puede ser peligroso —le advirtió él—. Quizá necesites protección.

Ella ignoró sus objeciones.

—¿Peligroso, tío? ¿Desde cuándo es peligroso hablar con un par de criadas en medio de Gaborone y a plena luz del día?

Su tío no había podido responder a eso. No obstante, parecía preocupado cuando su sobrina salió del coche y recorrió el camino de servicio hacia la verja trasera. La vio titubeando frente a la pequeña y encalada construcción destinada a las criadas antes de avanzar hacia la puerta, y luego la perdió de vista. Cogió el lápiz, miró qué hora era y escribió: «Mma Makutsi entra en las habitaciones de las criadas a las 14.10 horas».

Tal como mma Makutsi se había imaginado, había dos criadas. Una era mayor que la otra y tenía patas de gallo en las comisuras de los ojos. Era una mujer agradable y de pechos grandes, iba vestida con un uniforme verde y unos zapatos blancos y viejos, como los que llevan las enfermeras. La mujer joven, que debía de tener unos veinte años y pico, la misma edad que mma Makutsi, llevaba una bata roja y tenía una cara sensual y provocativa. Vestida de otra manera y maquillada, no habría desentonado como camarera. «A lo mejor lo es», pensó mma Makutsi.

Las dos mujeres clavaron la vista en ella, la más joven con bastante descaro.

—*Ko ko*—dijo educadamente mma Makutsi, usando el saludo que podía sustituir el golpe en la puerta cuando no había puerta a la que llamar. Era necesario porque las mujeres no estaban dentro de sus chozas, pero tampoco estaban del todo fuera; estaban sentadas en dos taburetes en el estrecho porche que había frente a éstas.

La mujer mayor observó a la intrusa, levantando la mano para protegerse los ojos de la deslumbrante luz de las primeras horas de la tarde.

—*Dumela,** mma. ¿Está usted bien?

Intercambiaron los saludos formales y luego hubo silencio. La

---

* Hola, en setsuana. (*N. de la T.*)

mujer joven golpeó con un bastón la pequeña y ennegrecida tetera que tenían.

—Quería hablar con ustedes, hermanas —anunció mma Makutsi—. Quiero saber cosas sobre la mujer que acaba de entrar en la casa, la del Mercedes-Benz. ¿La conocen?

La criada joven dejó caer el bastón. La mayor asintió con la cabeza:

—Sí, la conocemos.

—¿Quién es?

La joven recogió su bastón y miró a mma Makutsi:

—¡Es una mujer muy importante! Viene aquí, se sienta y toma té. ¡Fíjese qué importante es!

La otra mujer ahogó una risita.

—Pero también es una mujer que está muy cansada —añadió—. La pobre trabaja tanto que suele echarse en la cama para recuperar las fuerzas.

La mujer joven se rió a carcajadas.

—Sí —dijo—, en esa habitación se descansa mucho. Él la ayuda a descansar las piernas. ¡Pobrecita!

Mma Makutsi también se rió. Supo al instante que el caso iba a ser mucho más fácil de lo que se había imaginado. Como de costumbre mma Ramotswe tenía razón; a la gente le gustaba hablar, sobre todo de aquellas personas que de alguna forma les significaba alguna molestia. Lo único que había que hacer era localizar la animosidad y dejar que ésta hiciera todo el trabajo. Se tocó el bolsillo donde llevaba los dos billetes de cincuenta pulas; después de todo, quizá no sería necesario utilizarlos. En tal caso podría pedirle permiso a mma Ramotswe para dárselos a su tío.

—¿Cómo se llama el hombre que vive aquí? —preguntó—. ¿No está casado?

La pregunta las hizo reír entrecortadamente.

—Sí lo está —respondió la mujer mayor—. Su mujer vive fuera, en el pueblo, cerca de Mahalapye. Él sube los fines de semana. La de aquí, es la mujer de la ciudad.

—¿Y la del pueblo no sabe nada de la de la ciudad?

—No —contestó la mujer mayor—. No le haría ninguna gracia. Es católica y muy rica. Su padre tenía cuatro tiendas y compró una granja enorme. Luego vinieron ellos e hicieron ahí una gran mina, por lo que tuvieron que pagarle a esa mujer un montón de dinero. Así es como compró esta casa para su marido; pero a ella no le gusta Gaborone.

—Es una de esas personas que nunca abandonaría el pueblo —intervino la criada joven—. Hay gente así. Deja que su marido viva aquí para dirigir una especie de negocio que ella tiene allí, pero él vuelve cada viernes, como los niños que vuelven a casa a pasar el fin de semana después de acabar el colegio.

Mma Makutsi miró la tetera. Era un día muy caluroso y se preguntó si le ofrecerían un té. Afortunadamente, la criada mayor captó su mirada y se lo ofreció.

—Es más —continuó la criada joven mientras encendía el fogón de parafina que había debajo de la tetera—, si no fuera porque temo quedarme sin trabajo, yo le escribiría una carta a su mujer y le contaría lo de la otra.

—Nos lo dijo él —comentó la otra—. Nos dijo que, si se lo decíamos a su mujer, automáticamente perderíamos nuestros trabajos. El hombre nos paga bien. Es el que mejor paga de toda esta calle. Así que, como no podemos perder este trabajo, no decimos esta boca es mía...

Hizo una pausa y en ese momento las dos criadas se miraron consternadas.

—¡Oh, no! —se lamentó la criada joven—. Pero ¿qué hemos hecho? ¿Por qué le hemos contado todo esto? ¿Es usted de Mahalapye? ¿La envía su mujer? ¡Estamos acabadas! Pero ¡qué estúpidas somos! ¡Ayyy...!

—No —se apresuró a decir mma Makutsi—, no conozco a su mujer. Ni siquiera he oído hablar de ella. Es el marido de la otra el que me ha pedido que averigüe qué hace su mujer. Eso es todo.

Las dos criadas se tranquilizaron, pero la mayor de ellas aún parecía preocupada.

—Pero si le dice lo que ocurre, entonces vendrá y ahuyentará a nuestro jefe de esa mujer y puede que le diga a su verdadera mujer, la de nuestro jefe, que su marido se ve con otra. Entonces también estaremos acabadas. Estaremos acabadas igualmente.

—No —repuso mma Makutsi—. No tengo que decirle lo que está pasando. Podría decirle simplemente que se está viendo con otro hombre, pero que no sé quién es. ¿Para qué querría saberlo? Lo único que necesita saber es que está con otro hombre. Da igual quién sea.

La criada joven le susurró algo a la otra, que arqueó las cejas.

—¿Qué ocurre, mma? —preguntó mma Makutsi.

La mujer mayor la miró:

—Mi hermana me estaba hablando del niño. Verá, esa mujer, que es muy elegante, tiene un hijo. Ella no nos gusta, pero el chico sí. Y ese chico, verá, ese chico es hijo de este hombre, no del otro. Los dos tienen la nariz muy grande. No hay ninguna duda al respecto. Écheles un vistazo y lo comprobará. Este hombre es el padre de ese niño, aunque el niño viva con el otro. Viene cada tarde al acabar el colegio. La madre le ha prohibido que le diga a su otro padre que viene aquí, por eso el niño no se lo ha dicho. Y eso no está bien. A los niños no debería enseñárseles a mentir así. Si enseñamos a los niños a comportarse así, ¿qué será de Botsuana, mma? Dios nos castigará, estoy segura. ¿No le parece?

Mma Makutsi parecía pensativa cuando volvió al Austin, que estaba aparcado a la sombra. El tío se había quedado dormido y babeaba un poco por una de las comisuras de los labios. Mma Makutsi le tocó la manga con suavidad y él se despertó sobresaltado.

—¡Ah…, estás bien! Me alegro de que hayas vuelto.

—Podemos irnos —comentó mma Makutsi—. Ya he averiguado todo lo que necesitaba saber.

Fueron directamente a la Primera Agencia Femenina de Detectives. Como mma Ramotswe no estaba, mma Makutsi le dio a su tío un billete de cincuenta pulas y se sentó en su mesa a escribir el informe a máquina:

Los temores del cliente se han confirmado. Su mujer lleva muchos años viéndose con un hombre que está casado con una mujer rica y que es católica. La mujer rica no sabe nada. El niño es hijo de este hombre y no del cliente. No sé muy bien qué hacer, pero creo que tenemos las siguientes opciones:

(a) Le decimos al cliente todo lo que hemos averiguado, que es lo que nos pidió que hiciéramos. Si no se lo decimos, estaríamos mintiéndole. Pero al aceptar este caso, ¿no le prometimos que se lo diríamos todo? De ser así, entonces tenemos que decírselo; porque le hemos dado nuestra palabra. Si no cumplimos nuestras promesas, entonces no habrá ninguna diferencia entre Botsuana y cierto país africano que ahora no quiero nombrar, pero que sé que sabe cuál es.

(b) Le decimos al cliente que hay otro hombre, pero que no sabemos quién es, cosa realmente cierta porque no averigüé su nombre, aunque sí sé dónde vive. No me gusta mentir; porque soy creyente. Pero a veces Dios espera de nosotros que pensemos en las consecuencias que se derivarán de decirle algo a alguien. Si le decimos al cliente que ese niño no es su hijo, se pondrá muy triste. Será como perder un hijo. ¿Le hará eso más feliz? ¿Querría Dios que fuera infeliz?

Y si se lo decimos al cliente y se arma un buen alboroto, entonces tal vez el verdadero padre ya no pueda seguir pagando el colegio, como hace actualmente. La mujer rica podría prohibírselo, y entonces el chico sufrirá. Tendrá que dejar el colegio.

Por todas estas razones, no sé qué hacer.

Firmó el informe y lo dejó en la mesa de mma Ramotswe. Luego se levantó y miró por la ventana, más allá de las acacias, y miró al vasto y cálido horizonte. Estaba muy bien ser un producto de la Escuela de Secretariado de Botsuana y haberse graduado con un promedio de un noventa y siete por ciento; pero allí no enseñaban ética, y no tenía ni idea de cómo resolver el dilema moral que su exitosa investigación le había presentado. Se lo dejaría a mma Ramotswe. Era una mujer inteligente, con mucha más experiencia vital que ella y sabría qué hacer.

Mma Makutsi se preparó una taza de té y se acomodó en su silla. Se miró los zapatos, con sus tres botones centelleantes. ¿Sabrían la respuesta? Tal vez sí.

14

Viaje a la ciudad

La mañana de la extraordinariamente exitosa y, sin embargo, enigmática investigación de mma Makutsi sobre el caso del señor Badule, el señor J. L. B. Matekoni, propietario de Tlokweng Road Speedy Motors y, sin duda alguna, uno de los mejores mecánicos de Botsuana, decidió llevar a los recién adoptados de excursión a la ciudad para ir de compras. Su llegada a la casa había desconcertado a su irritable asistenta, Florence Peko, mma Peko, y había sumido al señor J. L. B. Matekoni en un estado de incertidumbre e inquietud que a veces rayaba en el pánico. No todos los días iba uno a arreglar una bomba diésel y volvía con dos niños, uno de ellos en silla de ruedas, y con la obligación moral implícita de cuidarlos durante el resto de su infancia, y, en el caso de la niña atada a la silla de ruedas, durante el resto de su vida. Ignoraba cómo mma Potokwane, la entusiasta directora del orfanato, había logrado convencerle de que se llevara a los niños. Sabía que habían mantenido una especie de conversación sobre el tema, pero ¿cómo le había presionado para que se comprometiera allí mismo? Mma Potokwane era como un abogado inteligente centrado en el interrogatorio a un testigo: mediante un discurso inofensivo llegaba a un acuerdo con él y, entonces, antes de que pudiera darse cuenta, el testigo había accedido a algo totalmente diferente.

Pero los niños ya estaban ahí y era demasiado tarde para hacer nada al respecto. Sentado en su despacho de Tlokweng Road Speedy Motors y contemplando un montón de papeles, tomó dos decisiones.

La primera era que contrataría una secretaria, decisión que sabía que, aunque la tomara, nunca lograría poner en práctica, y la segunda, que iba a dejar de darle vueltas a cómo habían llegado los niños para concentrarse en hacer lo correcto por ellos; al fin y al cabo, la situación, si se analizaba objetivamente y con la mente relajada, tenía muchos aspectos positivos. Los niños eran estupendos —bastaba con escuchar la historia del valor de la niña para darse cuenta—, y sus vidas habían dado un giro repentino y espectacular para mejor. Ayer sólo eran dos de los ciento cincuenta niños del orfanato. Hoy estaban en su propia casa, tenían habitaciones propias y un padre, ¡sí, ahora era padre!, que era dueño de un taller. No les faltaba dinero; aunque el señor J. L. B. Matekoni no era un hombre especialmente rico, vivía con holgura. El taller no debía un solo thebe; la casa no tenía hipoteca, y las tres cuentas del Barclays Bank de Botsuana rebosaban de pulas. Podía mirar a los ojos a cualquier miembro de la Cámara de Comercio de Gaborone y decirle: «Nunca os he debido dinero. Nunca.» ¿Cuántos empresarios podían decir lo mismo actualmente? La mayoría de ellos vivía de los créditos y hacía reverencias al pedante de Timon Mothokoli, que controlaba los créditos bancarios del banco. Había oído decir que el señor Mothokoli podía ir en coche desde su domicilio hasta el despacho por Kaunda Way y pasar, al menos, por delante de las casas de cinco personas que temblarían al verle. En el supuesto de que el señor J. L. B. Matekoni se encontrara con el señor Mothokoli en el centro comercial, podría ignorarle, si quisiera; aunque, evidentemente, no lo haría jamás.

«Así que si hay tanta liquidez —dijo el señor J. L. B. Matekoni para sí—, ¿por qué no gastar una parte en los niños?» Se ocuparía de que fueran al colegio, cómo no, y no había razón por la que no pudieran ir a uno privado. Allí tendrían buenos profesores; profesores que sabían todo de Shakespeare y de geometría. Aprenderían todo lo necesario para poder optar a buenos trabajos. Tal vez el niño... No, eso sería pedir demasiado, pero era agradable pensarlo. A lo mejor el chico demostraría tener aptitudes para la mecánica y podría asumir la dirección de Tlokweng Road Speedy Motors. Durante unos instantes, el señor J. L. B. Matekoni se permitió un pensamiento: su hijo, su *hijo*, que de pie, delante del taller, se limpiaba las manos con un trapo aceitoso después de haber hecho un buen trabajo con una complicada caja de cambios. Y, al fondo, sentados en el despacho, él y mma Ramotswe, mucho mayor ya, con el pelo canoso y una taza de té.

Pero eso quedaba aún muy lejos y había mucho que hacer antes de que llegara una escena tan feliz. En primer lugar, los llevaría a la ciudad y les compraría ropa nueva. Como de costumbre, el orfanato había sido generoso dándoles ropa bastante nueva antes de marcharse, pero no era lo mismo que tener ropa propia, comprada en una tienda. Supuso que esos niños nunca habían tenido un lujo así; que nunca se habían puesto ropa recién sacada de su envoltorio, ni habían inhalado ese olor tan rico, especial y casi indescriptible de un tejido nuevo. Los llevaría de inmediato, esa misma mañana, y les compraría toda la ropa que necesitaran. Luego los llevaría a la farmacia y la niña podría comprarse algunas cremas y champú, y otras cosas que a las niñas les gusta tener. En casa sólo había jabón fénico, y se merecía algo mejor que eso.

El señor J. L. B. Matekoni cogió la vieja camioneta verde del taller, que detrás tenía espacio de sobra para la silla de ruedas. Cuando llegó a casa, los niños estaban sentados en el porche; el niño había encontrado un palo que, por alguna razón, estaba atando a una cuerda, y la niña estaba tejiendo una funda para una jarra de leche. En el orfanato les habían enseñado a tejer y algunos de los niños habían obtenido premios por sus diseños. «Esta niña tiene talento —pensó el señor J. L. B. Matekoni—. Si se le da la oportunidad, es capaz de hacer cualquier cosa.»

Le saludaron educadamente y asintieron cuando les preguntó si la asistenta les había dado de desayunar. Le había pedido a la asistenta que fuera pronto para que se ocupara de los niños mientras él se iba al taller; y le sorprendía un poco que hubiera cumplido. Pero oía ruidos procedentes de la cocina, golpes y refregones que, al parecer, la mujer provocaba siempre que estaba de malhumor y que confirmaban su presencia.

Observados por la asistenta, que siguió amargamente su marcha hasta que los perdió de vista cerca del viejo Defence Force Club, el señor J. L. B. Matekoni y los dos niños se fueron a la ciudad en la deteriorada camioneta, que iba traqueteando. Ya no tenía amortiguadores; era difícil cambiarlos porque sus fabricantes habían pasado a la historia de la mecánica, pero el motor todavía funcionaba, y el traqueteo resultaba emocionante para los niños. Al señor J. L. B. Matekoni le sorprendió que la niña se interesase por su historia, preguntándole cuántos años tenía y si gastaba mucho aceite.

—He oído que los motores viejos necesitan mucho aceite —dijo la niña—. ¿Es verdad, rra?

El señor J. L. B. Matekoni le habló de motores estropeados y de las muchas atenciones que requerían, y ella escuchó con atención; el niño, en cambio, no parecía estar interesado. Aún quedaba tiempo. Le llevaría al taller para que los aprendices le enseñaran a extraer las tuercas de una rueda. Era una tarea que podía hacer un niño, aunque fuera tan pequeño. Para ser mecánico lo mejor era empezar pronto. Era un arte que, idealmente, uno tenía que aprender junto a su padre. «¿Acaso el mismísimo Señor no aprendió a ser carpintero en el taller de su padre? —pensó el señor J. L. B. Matekoni—. Si el Señor volviera hoy, probablemente sería mecánico —dijo para sí—. Eso sería un gran honor para todos los mecánicos. Y qué duda cabe que escogería África: hoy en día Israel es muchísimo más peligroso. En realidad, cuanto más lo piensa uno, más probable parece que pudiera escoger Botsuana, concretamente Gaborone. Eso sí que sería un verdadero honor para los habitantes de Botsuana; pero no pasará y no sirve de nada seguir dándole vueltas. El Señor no volverá; ya tuvimos una oportunidad y, por desgracia, no supimos aprovecharla.»

Aparcó el vehículo junto a la Alta Comisión Británica y reparó en que el Range Rover blanco de Su Excelencia estaba delante de la puerta. La mayoría de coches diplomáticos eran llevados a talleres de renombre, de precios desorbitados y con equipos de diagnóstico avanzado, pero Su Excelencia insistía en llevárselo a él.

—¿Veis ese coche de ahí? —preguntó el señor J. L. B. Matekoni—. Es un coche muy importante y que conozco muy bien.

El niño clavó la vista en el suelo y no dijo nada.

—Es un coche blanco precioso —apuntó la niña, que estaba detrás de él—. Es como una nube con ruedas.

El señor J. L. B. Matekoni se giró y la miró.

—Es muy bonito lo que has dicho de ese coche —comentó—. Lo recordaré.

—¿Cuántos cilindros tiene un coche así? —prosiguió la niña—. ¿Seis?

El señor J. L. B. Matekoni sonrió y se volvió al chico.

—A ver —le dijo—, ¿cuántos cilindros crees que tiene ese coche en el motor?

—¿Uno? —preguntó el muchacho en voz baja, que seguía mirando fijamente al suelo.

—¡Uno! —se burló su hermana—. ¡Que no es un motor de dos tiempos!

El señor J. L. B. Matekoni se quedó boquiabierto.

—¿De dos tiempos? ¿Cómo sabes que hay motores de dos tiempos?

La niña se encogió de hombros.

—Siempre lo he sabido —respondió—. Hacen mucho ruido, se mezcla el aceite con la gasolina. Suelen estar en motos pequeñas. A nadie le gustan los motores de dos tiempos.

El señor J. L. B. Matekoni asintió con la cabeza.

—No, normalmente dan muchos problemas —hizo una pausa—, pero no podemos quedarnos aquí hablando de motores. Tenemos que ir a compraros ropa y otras cosas que necesitáis.

A las dependientas de las tiendas les dio lástima la niña y entraron con ella en el probador para ayudarla a probarse los vestidos que había seleccionado del perchero. Era de gustos sencillos y cogía los más baratos, pero decía que eran los que quería. El chico mostró más interés; escogió las camisas más llamativas que encontró y se enamoró de unos zapatos blancos a los que su hermana puso el veto por ser poco prácticos.

—Mejor no se los compre, rra —le explicó al señor J. L. B. Matekoni—. Se ensuciarán en dos días y no se los pondrá más. Es un caprichoso.

—De acuerdo —musitó pensativo el señor J. L. B. Matekoni. El chico era respetuoso y de buena presencia, pero la deliciosa escena que anteriormente se había imaginado de su hijo delante de Tlokweng Road Speedy Motors parecía haberse desvanecido para dejar paso a otra: el niño vestido con una elegante camisa blanca y un traje… No, no podía ser cierto.

Acabadas las compras, estaban cruzando la gran plaza que había frente a Correos cuando se dirigió a ellos un fotógrafo.

—¿Quieren que les haga una foto? —ofreció—. Justo aquí. Si se ponen debajo de este árbol, les haré una foto. Será un momento, un segundo. Una bonita foto de familia.

—¿Os gustaría? —les preguntó el señor J. L. B. Matekoni—. ¿Os gustaría una foto como recuerdo de nuestro día de compras?

Los niños le sonrieron.

—Sí, por favor —repuso la niña, añadiendo—: Nunca he tenido una foto.

El señor J. L. B. Matekoni se quedó completamente callado. Esa niña, que ya estaba entrando en la adolescencia, no tenía ninguna foto de sí misma. No había constancia de su infancia, nada que le recordara cómo había sido. No había nada, ninguna imagen de la que pudiera decir: «Ésta soy yo». Y eso quería decir que nadie había querido nunca tener una foto suya; que simplemente no había sido lo bastante especial para nadie.

Recobró el aliento y, durante unos instantes, sintió una abrumadora ola de lástima por esos dos niños; de lástima mezclada con amor. Les daría esas cosas. Los resarciría. Tendrían todo lo que tenían los demás niños, todo lo que los demás daban por sentado; recuperarían, poco a poco, todo el amor, cada año de amor perdido hasta que las heridas hubieran cicatrizado.

Empujó la silla hasta colocarla delante del árbol, donde el fotógrafo había instalado su estudio al aire libre. Entonces, con el tambaleante trípode hundido en el polvo, el fotógrafo se agachó detrás de su cámara y agitó una mano para atraer la atención de la niña. Se oyó un clic, seguido de un zumbido, y, como si fuera un mago acabando su truco, sacó el papel protector y sopló la foto para secarla.

La niña la cogió y sonrió. Después el fotógrafo hizo colocar al niño, que posó de pie, con las manos entrelazadas a sus espaldas y una sonrisa de oreja a oreja; de nuevo la actuación teatral con la foto y la felicidad en la cara del niño.

—Bueno —dijo el señor J. L. B. Matekoni—, ahora ya las podéis poner en vuestros cuartos. Otro día haremos más fotos.

Se dio la vuelta, dispuesto a empujar la silla de ruedas, pero se quedó quieto, los brazos pegados al cuerpo, inertes, paralizados.

Mma Ramotswe estaba frente a él con un cesto cargado de cartas en la mano derecha. Iba en dirección a Correos cuando le vio y se detuvo. ¿Qué estaba pasando? ¿Qué estaba haciendo el señor J. L. B. Matekoni y quiénes eran esos niños?

15

Las maniobras de la perversa y malhumorada asistenta

Florence Peko, la adusta y quejica asistenta del señor J. L. B. Matekoni, había tenido dolor de cabeza desde que le anunciaran que mma Ramotswe sería la futura mujer de su jefe. Era propensa a sufrir dolores de cabeza, y cualquier situación adversa podía producírselos. Por el juicio de su hermano, por ejemplo, había pasado una época con dolores, y cada mes, cuando iba a visitarle a la cárcel cercana al supermercado indio, le dolía la cabeza incluso antes de ocupar su sitio en la larga cola de familiares que esperaban su turno. Su hermano había estado implicado en un robo de coches, y aunque ella había dado testimonio a su favor, declarando haber sido testigo de un encuentro en el que él habría accedido a cuidar del coche de un amigo, todo había sido una patraña y sabía que era culpable de todo lo que le acusaba el fiscal. Es más, los crímenes por los que se le condenó a cinco años de cárcel probablemente fueran sólo una parte de los que había cometido. Pero ésa no era la cuestión: el fallo condenatorio la había puesto furiosa y su cólera había cobrado la forma de una retahíla de gritos y gestos a los agentes del tribunal. La jueza, que ya estaba a punto de irse, había vuelto a tomar asiento y había ordenado a Florence que se acercara a ella.

—Esto es un tribunal —le había dicho—. Tiene que entender que no puede gritar a los agentes ni a nadie de esta sala. Y, además, tiene usted suerte de que el fiscal no la haya acusado de perjurio por todas las mentiras que ha contado hoy aquí.

A Florence la habían hecho callar y la habían dejado salir. Pero eso no hizo sino aumentar su sensación de injusticia. La república de Botsuana había cometido un gran error enviando a su hermano a la cárcel. Había personas mucho peores que él, ¿por qué no les hacían nada? ¿Dónde estaba la justicia, si gente como…? La lista era larga, y daba la casualidad de que conocía a tres de los hombres que figuraban en ésta, a dos de ellos íntimamente. Y era a uno de esos hombres, a Philemon Leannye, al que se había propuesto utilizar. Él le debía un favor. En una ocasión Florence le había dicho a la policía que él estaba con ella, cosa que no era cierta; y eso había sido después de que casi la acusaran de perjurio, cuando era cauta con las autoridades. Había conocido a Philemon Leannye en el gran centro comercial llamado African Mall, en un puesto de comida preparada. Le había dicho que estaba harto de las chicas de los bares y que quería conocer a alguna mujer honesta que no se gastara su dinero ni le hiciera invitarla a copas.

—Alguien como usted —le había dicho en tono seductor.

Ella se había sentido halagada, y su relación había prosperado. A veces pasaba meses sin verle, pero aparecía de cuando en cuando con regalos: un reloj de plata, un bolso con un monedero en su interior o una botella de Brandy del Cabo. Vivía en Old Naledi con una mujer con la que había tenido tres hijos.

—Esa mujer se pasa el día entero gritándome —se quejaba él—. Según ella nunca hago nada bien. Le doy dinero todos los meses, pero siempre dice que los niños pasan hambre y que no tiene para comprar comida. Nunca está contenta.

Florence sintió lástima por él.

—Debería dejarla y casarse conmigo —le sugirió—. Yo no soy de las que gritan a los hombres. Sería una buena esposa para un hombre como usted.

Lo había sugerido en serio, pero él no le había hecho caso y le había dado un cachete en broma.

—Sería igual de mala —repuso—. Las mujeres, en cuanto se casan, empiezan a protestar. Lo saben todos los hombres casados, pregúntele a cualquiera.

De modo que su relación siguió siendo eventual, pero tras la arriesgada, más bien aterradora entrevista con la policía —una entrevista en la que la coartada de Philemon Leannye fue analizada durante más de tres horas—, Florence sintió que él le debía un favor que algún día le pediría.

—Philemon —le dijo, echada junto a él, en la cama del señor J. L. B. Matekoni—. Quiero que me consiga una pistola.

Él se rió, pero se puso serio en cuanto se giró y vio su expresión.

—¿Qué piensa hacer? ¿Matar al señor J. L. B. Matekoni? ¿Dispararle la próxima vez que entre en la cocina y proteste por la comida? ¡Ja!

—No. No pretendo matar a nadie. Quiero la pistola para ponerla en casa de alguien. Luego le diré a la policía que hay una pistola en tal casa, irán y la encontrarán.

—Entonces ¿yo no recupero mi pistola?

—No. La policía se quedará con ella, pero también se llevarán a la persona de la casa en la que encuentren la pistola. ¿Qué pasa cuando enganchan a alguien con una pistola ilegal?

Philemon encendió un cigarrillo y soltó el humo hacia arriba, hacia el techo del señor J. L. B. Matekoni.

—Aquí no quieren armas ilegales. Si te pillan con una, te vas a la cárcel. Tal cual. Sin más miramientos. No quieren que esto acabe como Johanesburgo.

Florence sonrió.

—Me alegra que sean tan estrictos con las pistolas. Me interesa que lo sean.

Philemon se sacó un trozo de tabaco del espacio que tenía entre los dos dientes delanteros.

—Veamos —dijo—, ¿cómo pago la pistola? Vale quinientas pulas, como mínimo. Alguien tiene que subirla desde Johanesburgo. No es tan fácil traerlas hasta aquí.

—Yo no tengo quinientas pulas —repuso ella—. ¿Por qué no la robamos? Usted tiene contactos. Dígale a uno de sus chicos que lo haga. —Hizo una pausa antes de continuar—. Recuerde que yo le ayudé, y que no fue fácil para mí.

La observó detenidamente.

—¿Tanto le importa esto?

—Sí —contestó—. Es muy importante para mí.

Philemon apagó su cigarrillo y balanceó las piernas en el borde de la cama.

—Está bien —accedió—. Le conseguiré una pistola; pero recuerde que si algo sale mal, yo no se la he dado.

—Diré que la he encontrado —afirmó Florence—. Diré que estaba en la sabana, cerca de la cárcel, que tal vez los prisioneros sepan algo.

—Suena razonable —comentó Philemon—. ¿Para cuándo la quiere?

—Lo antes posible —respondió.

—Puedo conseguirle una para esta noche —explicó él—. Da la casualidad de que tengo una de reserva. Puede quedarse con ella.

Florence se incorporó y le acarició suavemente la nuca.

—Es usted muy amable. Puede venir a verme cuando quiera, ya lo sabe. Cuando quiera. Siempre me alegra verle y hacerle feliz.

—Y usted es una mujer muy bella —repuso él, riéndose—. Muy mala, muy perversa y muy inteligente.

Tal como había prometido, le entregó la pistola, envuelta en papel aislante de parafina y metida al fondo de una voluminosa bolsa de plástico de los Bazares OK, debajo de un montón de viejos ejemplares de la revista *Ebony*. Florence la desenvolvió en su presencia y él empezó a explicarle cómo funcionaba el seguro, pero ella le cortó.

—Eso no me interesa —señaló—. Sólo me interesan la pistola y las balas.

Aparte, le había dado nueve cartuchos metálicos de pequeña y pesada munición. Las balas brillaban como si les hubieran sacado brillo para cumplir su cometido, y al tocarlas se sintió atraída por ellas. «Si se les agujereara la base —pensó— y se pasara por ellas un hilo de nailon o quizás una cadena de plata, podría hacerse un collar precioso.»

Philemon le enseñó a introducir las balas en el cargador de la pistola y a limpiarla para no dejar huellas. Luego le hizo una caricia, le dio un beso en la mejilla y se fue. El aroma de su aceite de pelo, un olor exótico parecido al ron, se quedó en el aire, como siempre que la iba a ver, y ella sintió una punzada de dolor por aquella lánguida tarde y sus placeres. Si fuera a su casa y matara a su mujer, ¿se casaría con ella? ¿La vería como a su salvadora, o como a la asesina de la madre de sus hijos? Era difícil saberlo.

Además, ella nunca podría matar a nadie. Era cristiana y no creía en eso de matar a la gente. Se consideraba una buena persona a la que las circunstancias obligaban a hacer cosas que las personas buenas no hacían, o decían que no hacían, pero que, naturalmente, hacían. Todo el mundo tomaba atajos, y si ella planeaba hacer algo tan poco convencional con mma Ramotswe, era únicamente porque era necesario protegerse de alguien que suponía una amenaza tan evidente para el señor J. L. B. Matekoni. ¿Cómo iba él a defenderse de una mujer tan decidida como mma Ramotswe? Estaba claro que las medidas precisas y unos cuantos años en la cárcel enseñarían a esa mujer a ser más respetuosa con los derechos ajenos. Esa entrometida detective era la causante de su propia desgracia; la única culpable.

«Ahora ya tengo la pistola —dijo Florence para sí—. Falta ponerla donde tengo planeado, en una determinada casa de Zebra Drive.»

Para hacer eso, tenía que pedir otro favor. Un hombre al que conocía simplemente como Paul, un hombre que iba a verla en busca de conversación y cariño, le había pedido dinero prestado hacía dos años. No era una gran cantidad, pero aún no se lo había devuelto. Quizás él ya se hubiera olvidado, pero ella no y ahora se lo recordaría. Y si se lo ponía difícil, él también tenía una mujer que ignoraba los ratos que su marido pasaba en casa del señor J. L. B. Matekoni. Amenazarle con contárselo a su mujer tal vez le animaría a acceder.

Sin embargo, bastó el dinero para que diera su conformidad. Ella mencionó el préstamo y él balbució su imposibilidad de pagar.

—Tengo que dar explicaciones de cada pula —dijo—. Tenemos que pagar el hospital de uno de los niños. Siempre está enfermo. No puedo ahorrar nada. Algún día se lo devolveré.

Florence asintió con la cabeza, comprensiva.

—Olvidaré la deuda —repuso—. La olvidaré, si usted hace algo por mí.

Él la había mirado fijamente, con suspicacia.

—Tiene que ir a una casa vacía, no habrá nadie dentro, romper una ventana de la cocina y entrar.

—Yo no soy un ladrón —la interrumpió él—, no robo.

—¡Pero si no le estoy pidiendo que robe! —continuó ella—. ¿Qué clase de ladrón entra en una casa para dejar algo? ¡Un ladrón no hace eso!

Le explicó que quería que dejara un paquete en alguno de los armarios, escondido donde nadie pudiera verlo.

—Quiero guardar una cosa en un lugar seguro —le contó—, y ahí estará segura.

Él había puesto reparos capciosos, pero ante las alusiones al préstamo, se había rendido. Iría al día siguiente por la tarde, a una hora en la que todo el mundo estuviera trabajando. Florence había hecho sus deberes: ni siquiera estaría la asistenta en la casa y no había perro.

—Más fácil imposible —le aseguró ella—. En un cuarto de hora habrá acabado. Será entrar y salir.

Le dio el paquete. Había vuelto a poner la pistola en su papel aislante, que a su vez estaba envuelto en un sencillo papel marrón. El envoltorio ocultaba la naturaleza del contenido, pero el paquete pesaba y a él le pareció sospechoso.

—No pregunte —le ordenó ella—. Si no pregunta, no sabrá.

«Es una pistola —pensó él—. Quiere que deje una pistola en esa casa de Zebra Drive.»

—No quiero ir con esto por ahí —confesó él—. Es muy peligroso. Sé que es una pistola y sé lo que ocurre si la policía te encuentra con una. No quiero ir a la cárcel. La recogeré mañana en casa del señor J. L. B. Matekoni.

Florence reflexionó unos instantes. Podía llevarse la pistola al trabajo, escondida en una bolsa de plástico. Si Paul quería recogerla allí, no había objeción que hacer. Lo importante era dejarla en casa de mma Ramotswe y luego, al cabo de dos días, avisaría a la policía.

—De acuerdo —accedió—. Volveré a ponerla en la bolsa y me la llevaré. Venga mañana a las dos y media. A esa hora el señor J. L. B. Matekoni ya se ha ido al taller.

Paul vio cómo Florence metía otra vez el paquete en la bolsa de los Bazares OK, de donde la había sacado originalmente.

—Y ahora —dijo ella—, como se ha portado bien, le haré feliz.

Él sacudió la cabeza.

—Estoy demasiado nervioso para ser feliz. Tal vez en otra ocasión.

Al día siguiente a mediodía, poco después de las dos, Paul Monsopati, empleado veterano del Hotel Sun de Gaborone al que la dirección del hotel pensaba ascender, se introdujo en el despacho de una de las secretarias del hotel y le pidió que se ausentara unos minutos.

—Tengo que hacer una llamada importante —explicó—. Es un tema personal. Es por un entierro.

La secretaria asintió con la cabeza y abandonó la habitación. Se moría gente constantemente y los entierros, a los que asistían ansiosamente todos los familiares lejanos que podían y casi todos los conocidos, requerían mucha organización.

Paul descolgó el auricular y marcó un número que llevaba escrito en un trozo de papel.

—Quisiera hablar con un inspector —dijo—. No con un sargento, con un inspector.

—¿De parte de quién, rra?

—Eso da igual. Si no quiere problemas, póngame a un inspector al teléfono.

La otra persona no dijo nada y, al cabo de unos cuantos minutos, se puso al teléfono una nueva voz.

—Ahora preste atención, por favor, rra —suplicó Paul—. No puedo hablar mucho rato. Soy un fiel ciudadano de Botsuana y estoy en contra del crimen.

—Me alegro —repuso el inspector—. Nos gusta oír eso.

—Verá —prosiguió Paul—, si va usted a una determinada casa, encontrará a una mujer que tiene un arma de fuego ilegal. Se dedica a vender armas. Está dentro de una bolsa blanca de los Bazares OK. Si va ahora mismo, encontrará a la mujer allí. Es a ella a la que han de coger, no al dueño de la casa. Lleva el arma en el bolso, que debe de haber escondido en la cocina. Esto es todo lo que tenía que decirle.

Le dio la dirección y colgó. Al otro lado del teléfono el inspector sonreía satisfecho. Éste sería un arresto fácil y le felicitarían por hacer algo contra las armas ilegales. Uno podía quejarse de los ciudadanos y de su falta de sentido del deber, pero alguna que otra vez ocurría algo así y un ciudadano concienzudo le devolvía a uno la fe en la gente de a pie. Habría que darle premios a esta gente. Premios y dinero en efectivo. Quinientas pulas al menos.

16

La familia

El señor J. L. B. Matekoni era consciente de que estaba justo debajo de la rama de una acacia. Levantó la vista y, durante unos instantes, vio con una claridad y un detalle absolutos las hojas que contrastaban con la vacuidad del cielo. Dobladas sobre sí mismas por el calor del mediodía, las hojas eran como diminutas manos entrelazadas para rezar; un pájaro, un alcaudón común, ordinario y mugriento, se había posado en lo alto de la rama, con las garras juntas y los ojos negros moviéndose rápidamente. Era la pura grandeza de su compromiso la que hacía que la percepción del señor J. L. B. Matekoni fuera tan intensa; como un hombre condenado que, en su última mañana, se asoma a la ventana de su celda y ve cómo su mundo conocido de desvanece.

Miró al frente; mma Ramotswe seguía ahí, de pie a unos tres metros de distancia, su expresión era de perplejidad. Ella sabía que el señor J. L. B. Matekoni hacía cosas para el orfanato y estaba al tanto del persuasivo proceder de mma Potokwane. «Estará pensando —dijo el señor J. L. B. Matekoni para sí— que me he llevado a dos de los huérfanos a pasar el día y a que les hagan unas fotos. No se imaginará que son mis nuevos hijos adoptivos, pronto también suyos.»

Mma Ramotswe rompió el silencio.

—¿Qué está haciendo? —se limitó a preguntar.

Era una pregunta perfectamente razonable, el tipo de pregunta que cualquier amigo o incluso una prometida haría. El señor J. L. B.

Matekoni miró a los niños. La niña había metido su foto en una bolsa de plástico atada al lateral de la silla de ruedas; el niño agarraba la suya contra su pecho, como si mma Ramotswe fuera a quitársela.

—Son dos niños del orfanato —tartamudeó el señor J. L. B. Matekoni—. Ésta es la niña y éste es el niño.

Mma Ramotswe se echó a reír.

—¡Vaya! —exclamó—. Gracias por la aclaración.

La niña sonrió y saludó educadamente a mma Ramotswe.

—Me llamo Motholeli —se presentó—. Mi hermano se llama Puso. Son los nombres que nos han dado en el orfanato.

Mma Ramotswe asintió con la cabeza.

—Espero que os estén cuidando bien. Mma Potokwane es una buena mujer.

—Sí, lo es —repuso la niña—. Es muy buena.

Dio la impresión de que iba a decir algo más, pero el señor J. L. B. Matekoni se apresuró a intervenir.

—He dejado que les hagan unas fotos —explicó. Se volvió a la niña y añadió—: Enséñasela a mma Ramotswe, Motholeli.

La niña avanzó con la silla y le dio la foto a mma Ramotswe, que expresó su admiración:

—¡Qué foto tan bonita! —exclamó—. Yo sólo tengo un par de fotos de cuando tenía tu edad. Cada vez que me siento vieja las miro y entonces pienso que, al fin y al cabo, quizá no sea tan vieja.

—¡Pero si todavía es joven! —apuntó el señor J. L. B. Matekoni—. Hoy en día no se es viejo hasta los setenta años o más. Las cosas han cambiado.

—Eso es lo que nos gusta pensar. —Mma Ramotswe ahogó una risita al tiempo que le devolvía la foto a la niña—. ¿El señor J. L. B. Matekoni os va a llevar ya de vuelta o vais a comer en la ciudad?

—Hemos ido de compras —soltó él—. Aún nos quedan un par de cosas por hacer.

—Dentro de un rato iremos a su casa —confesó la niña—. Ahora vivimos con el señor J. L. B. Matekoni. Estamos en su casa.

El señor J. L. B. Matekoni sintió que su corazón latía violentamente contra su pecho. «Me va a dar un infarto —pensó—. Me voy a morir.» Y durante un momento sintió un dolor inmenso porque ya nunca se casaría con mma Ramotswe; porque se moriría soltero; porque los niños se quedarían huérfanos por segunda vez y habría que cerrar Tlokweng Road Speedy Motors. Pero su corazón no se paró, sino que siguió latiendo, y mma Ramotswe y todo el mundo físico seguían ahí, obstinadamente.

Mma Ramotswe miró con ironía al señor J. L. B. Matekoni.

—¿Están durmiendo en su casa? —le preguntó—. ¡Primera noticia! ¿Acaban de llegar?

Él asintió con la cabeza, sombrío.

—Llegaron ayer —respondió.

Mma Ramotswe miró a los niños y después otra vez al señor J. L. B. Matekoni.

—Creo que tendríamos que hablar —sugirió ella—. Niños, quedaos aquí un momento. El señor J. L. B. Matekoni y yo nos vamos a Correos.

No había escapatoria. Cabizbajo, como un niño al que han pillado haciendo alguna trastada, siguió a mma Ramotswe hasta la esquina de la oficina de Correos, donde, delante del montón de filas de buzones privados, afrontó lo que sabía que era su sino: un juicio y una sentencia. Mma Ramotswe se divorciaría de él, si se podía llamar así a la ruptura de un compromiso. La había perdido por su falta de honestidad y su estupidez; y todo por culpa de mma Potokwane. Esa clase de mujeres siempre interfería en las vidas de los demás, obligándolos a hacer cosas que luego se torcían, y por el camino sus vidas se iban a pique.

Mma Ramotswe dejó en el suelo su cesto de cartas.

—¿Por qué no me ha contado lo de los niños? —le preguntó—. ¿Qué es lo que ha hecho?

El señor J. L. B. Matekoni casi no se atrevía a mirarla a los ojos.

—Iba a decírselo —respondió—. Ayer fui al orfanato. La bomba estaba haciendo de las suyas. ¡Está tan vieja! Luego había que cambiarle los frenos al minibús. He intentado arreglarlos, pero siempre dan problemas. Habría que intentar encontrar piezas de recambio y se lo dije, pero…

—Sí, sí —le acució mma Ramotswe—, ya me había hablado de esos frenos. Pero ¿qué pasa con los niños?

El señor J. L. B. Matekoni suspiró.

—Mma Potokwane es una mujer muy fuerte. Me dijo que debería adoptar algún niño. Yo no quería hacerlo sin hablarlo con usted, pero ella no me escuchó. Trajo a los niños y la verdad es que no tuve otra opción. Fue muy duro para mí.

Hizo una pausa. Un hombre pasó junto a ellos en dirección a su buzón privado; estaba buscando la llave en el bolsillo y musitaba algo. Mma Ramotswe miró al hombre y luego de nuevo al señor J. L. B. Matekoni.

—Entonces —concluyó ella—, accedió a llevarse a los niños y ahora ellos se piensan que van a quedarse con usted.

—Sí, supongo —masculló.

—¿Y durante cuánto tiempo se quedarán? —preguntó mma Ramotswe.

El señor J. L. B. Matekoni respiró hondo.

—Durante el tiempo que necesiten un hogar —contestó—. Eso es lo que les ofrecí.

De forma inesperada se sintió seguro de sí mismo. No había hecho nada malo. No había robado nada ni había matado a nadie, ni había cometido adulterio. Sólo se había ofrecido a cambiar las vidas de dos pobres niños que no habían tenido nada; y ahora alguien los querría y cuidaría de ellos. Si mma Ramotswe no estaba de acuerdo, en fin, ya no podía hacer nada al respecto. Había sido impulsivo, pero esa impulsividad respondía a una buena causa.

De pronto mma Ramotswe se echó a reír.

—Bueno, señor J. L. B. Matekoni —dijo—. Nadie podrá decir de usted que no es una buena persona. Creo que es usted el hombre más bondadoso de toda Botsuana. ¿Qué otro hombre haría esto? Yo no conozco a ninguno, ni a uno solo. A nadie.

Él la miró con fijeza.

—¿No está enfadada?

—Lo estaba —respondió—, pero durante muy poco rato. Puede que un minuto. Pero luego he pensado: ¿quiero casarme con el mejor hombre del país? Sí. ¿Puedo ser una madre para esos niños? Sí. Eso es lo que he pensado, señor J. L. B. Matekoni.

Él la miró incrédulo.

—Usted sí que es buena, mma. Es usted muy buena conmigo.

—No podemos quedarnos aquí hablando de la bondad —señaló ella—. Tenemos a los niños ahí. ¿Por qué no los llevamos a Zebra Drive y les enseñamos dónde van a vivir? Y luego, esta tarde, puedo ir a recogerlos a su casa y llevarlos a la mía. Mi casa es más…

Mma Ramotswe se detuvo y él acabó la frase:

—Ya sé que su casa es más cómoda —dijo—, y que sería mejor para ellos que fuera usted quien los cuidara.

Fueron andando hasta los niños, juntos y tranquilos.

—Voy a casarme con esta mujer —anunció el señor J. L. B. Matekoni—. Dentro de poco será vuestra madre.

El niño parecía sobresaltado, pero la niña apartó la vista respetuosamente.

—Gracias, mma —intervino—. Intentaremos ser buenos.

—Está bien —replicó mma Ramotswe—. Presiento que seremos una familia muy feliz.

Mma Ramotswe se fue con el niño a buscar la pequeña furgoneta blanca. El señor J. L. B. Matekoni empujó la silla de la niña de vuelta hasta la vieja camioneta e hicieron rumbo a Zebra Drive, donde, a su llegada, mma Ramotswe y Puso ya los estaban esperando. El niño estaba alborotado y corrió a saludar a su hermana.

—¡Es una casa muy bonita! —exclamó—. Mira, hay árboles y melones. Mi habitación está en la parte de atrás.

El señor J. L. B. Matekoni se mantuvo en un segundo plano mientras mma Ramotswe les enseñaba la casa a los niños. A su modo de ver, lo que había intuido sobre mma Ramotswe acababa de confirmarse más allá de toda duda. Obed Ramotswe, su padre, que la había educado tras la muerte de su madre, había hecho un magnífico trabajo. Le había dado a Botsuana una de las mejores mujeres. Quizás él nunca lo supo, pero había sido un héroe.

Mientras mma Ramotswe les preparaba la comida a los niños, el señor J. L. B. Matekoni llamó al taller para comprobar que los aprendices se las estuvieran arreglando con las tareas que les había encomendado. Contestó el más joven, y el señor J. L. B. Matekoni supo de inmediato, por su tono de voz, que había ocurrido algo serio. Hablaba con voz exageradamente aguda y agitada.

—Me alegro de que haya llamado, rra —dijo—. Ha venido la policía. Querían hablar con usted sobre su asistenta. La han detenido y la han metido en la cárcel. Llevaba una pistola en el bolso. Están de muy mal humor.

Como el aprendiz no disponía de más información, el señor J. L. B. Matekoni colgó el teléfono. ¡Su asistenta provista de un arma! Había sospechado muchas cosas de ella, que era una mentirosa y cosas aún peores, pero no que tuviera armas. ¿A qué dedicaba el tiempo libre? ¿A robar a mano armada? ¿A matar?

Fue hasta la cocina, donde mma Ramotswe estaba hirviendo abundante calabaza en una gran olla esmaltada.

—Han detenido a mi asistenta y la han metido en la cárcel —expuso sin rodeos—. Llevaba una pistola en el bolso.

Mma Ramotswe dejó la cuchara. La calabaza estaba hirviendo satisfactoriamente y pronto estaría tierna.

—No me sorprende —comentó—. Esa mujer era una mentirosa. Al final la policía la ha pillado. Han sido más listos que ella.

El señor J. L. B. Matekoni y mma Ramotswe decidieron esa tarde que la vida se les estaba complicando demasiado, y que dedicarían el resto del día a hacer recados centrados en los niños. Para ello, el señor J. L. B. Matekoni telefoneó a los aprendices y les dijo que cerraran el taller hasta la mañana siguiente.

—Había pensado daros tiempo libre para que estudiarais —dijo—. Así que os doy esta tarde. Poned un letrero diciendo que abriremos mañana a las ocho.

A mma Ramotswe le comentó:

—No estudiarán. Irán a ligar con chicas. Estos muchachos tienen la cabeza hueca. Hueca.

—Muchos jóvenes son así —repuso ella—. No piensan más que en trapos, en bailar y en escuchar música estridente. Ésa es su vida. Nosotros también éramos así, ¿no lo recuerda?

Cuando mma Ramotswe llamó a la Primera Agencia Femenina de Detectives, se puso al teléfono una confiada mma Makutsi, que le explicó que había concluido la investigación del caso Badule y que sólo faltaba decidir qué iban a hacer con la información adquirida. Tendrían que hablarlo, le dijo mma Ramotswe. Se había temido que de esa investigación saldría una verdad que, por sus implicaciones morales, sería todo menos sencilla. En ocasiones era más cómodo ignorar que saber.

Pero la calabaza ya estaba lista y era hora de sentarse a la mesa, como una familia, por primera vez.

Mma Ramotswe bendijo la mesa.

—Te damos las gracias por esta calabaza y esta carne —dijo—. Hay hermanos y hermanas que no tienen un plato de comida en la mesa, y pensamos en ellos, y esperamos que en el futuro puedan comer calabaza y carne. Y te damos las gracias, Señor, por haber traído a estos niños a nuestras vidas para que nosotros podamos ser felices y para que ellos puedan tener un hogar. Y pensamos en lo felices que deben estar hoy los padres ya fallecidos de estos niños, viéndonos desde el cielo.

El señor J. L. B. Matekoni no tenía nada que añadir a esta bendición, que consideró perfecta en todos los sentidos. Expresaba totalmente sus sentimientos, y su corazón estaba demasiado emocionado para hablar. Por eso permaneció en silencio.

17

La zona universitaria

«Las mañanas son el mejor momento para abordar los problemas», pensó mma Ramotswe. En las primeras horas del día, cuando el sol aún no se ha alzado y el aire es penetrante, es cuando está uno más despejado. Es en ese momento cuando hay que plantearse las cuestiones importantes; es el momento de la claridad y el razonamiento, en el que no interfiere la pesadez del día.

—He leído su informe —comentó mma Ramotswe, cuando mma Makutsi llegó al despacho—. Es muy completo y está muy bien escrito. Buen trabajo.

Mma Makutsi agradeció el cumplido.

—Me alegra que mi primer caso no haya sido difícil —explicó—. Al menos no ha sido difícil averiguar lo que había que averiguar. Pero las dudas que he planteado al final... Ésa es la parte difícil.

—Sí —repuso mma Ramotswe, echando un vistazo al informe—, son las cuestiones morales.

—No sé cómo solucionarlas —confesó mma Makutsi—. Cuando me decido por una opción, me asaltan todas las dudas. Y cuando me decido por la otra, me ocurre lo mismo.

Miró expectante a mma Ramotswe, que gesticulaba dubitativa.

—Para mí tampoco es fácil —señaló la detective—. Que sea un poco mayor que usted no significa que tenga respuesta a todos los dilemas que surgen. De hecho, a medida que se van cumpliendo años, más facetas presentan las situaciones. A su edad las cosas se ven más claras. —Hizo una pausa y añadió—: Recuerde que aún no he cumplido los cuarenta. No soy tan mayor.

—No —repuso mma Makutsi—, si está usted en la edad perfecta. Pero el problema que tenemos es muy difícil. Si le decimos a Badule que hay otro hombre y decide acabar con todo esto, entonces el niño se quedará sin colegio y sin esta gran oportunidad que se le ha brindado. No sería lo mejor para el chico.

Mma Ramotswe asintió con la cabeza.

—Lo sé —dijo—, pero, por otra parte, no podemos mentirle. No es ético que un detective mienta a un cliente. No está bien mentirle.

—Lo entiendo —repuso mma Makutsi—, pero seguro que a veces es necesario mentir. ¿Qué pasaría si entrara un asesino en su casa y le preguntara dónde está cierta persona? Y si usted supiera su paradero, ¿estaría mal que le dijera: «No sé nada. No sé dónde está»? ¿Acaso no sería eso una mentira?

—Sí, pero mi deber no sería decirle la verdad a ese asesino; por eso podría mentirle. En cambio, con un cliente, con un marido o con la policía se está en la obligación de contar la verdad. Es distinto.

—¿Por qué? Está claro que si mentir está mal, está siempre mal. Si la gente pudiera mentir siempre que lo creyera oportuno, entonces nunca sabríamos cuándo lo han hecho intencionadamente o no. —Mma Makutsi hizo una pausa y reflexionó unos instantes antes de continuar—. Lo que una persona considera correcto puede diferir bastante de lo que otra considere correcto. Si cada persona pudiera establecer sus propias normas... —Se encogió de hombros y no explicó las consecuencias.

—Sí —afirmó mma Ramotswe—, en eso tiene razón. Ése es el problema que hay hoy en día. Todo el mundo cree que puede tomar sus propias decisiones sobre lo que está bien y lo que está mal. Todo el mundo cree que puede olvidarse de la antigua moralidad de Botsuana, pero no es así.

—Aquí, el verdadero problema —tomó el hilo mma Makutsi— radica en si deberíamos contárselo todo. ¿Y si le decimos: «Tenía usted razón, su mujer le es infiel» y ya está? ¿Habremos cumplido con nuestra obligación? Porque eso no es una mentira, ¿no? Simplemente no le habremos dicho toda la verdad.

Mma Ramotswe miró fijamente a mma Makutsi. Siempre había tenido en cuenta los comentarios de su secretaria, pero nunca se había imaginado que haría una montaña moral de un granito de arena como eran los pequeños problemas con los que se encontraban los detectives a diario. Su trabajo era caótico. Ayudaban a las personas que tenían problemas; no tenían que encontrar una solución para todo. Lo que esas personas hicieran con la información que se les daba era asunto suyo. Era su vida y eran ellas quienes tenían que vivirla.

Pero mientras pensaba en esto, se dio cuenta de que en el pasado ella misma había hecho mucho más que eso. En muchos de sus exitosos casos había ido más allá de la averiguación de información. Había tomado decisiones sobre las consecuencias de la misma, decisiones que a menudo habían demostrado ser vitales. Por ejemplo, en el caso de la mujer cuyo marido tenía un Mercedes-Benz robado, lo había dispuesto todo para que el coche le fuera devuelto a su dueño. En el caso de las falsas demandas interpuestas a las compañías de seguros por el hombre de los trece dedos, había tomado la decisión de no informar a la policía. Esa decisión había cambiado la vida de ese hombre. Quizá se había vuelto honesto después de la oportunidad que ella le había dado, pero quizá no. No lo sabía. Pero le había dado una oportunidad y puede que ahí estuviera la diferencia. De modo que sí interfería en las vidas de otras personas, y no era cierto que lo único que hacía era proporcionar información.

Se dio cuenta de que en este caso el verdadero problema era el destino del niño. Los adultos podían cuidar de sí mismos; el señor Badule podría superar el descubrimiento del adulterio (en el fondo de su corazón ya sabía que su mujer le era infiel); el otro hombre podría volver con su mujer, arrodillarse ante ella y aceptar su castigo (tal vez regresara a ese pueblo remoto a vivir con su mujer católica), y en cuanto a la elegante mujer, bueno, podría pasar un poco más de tiempo en la carnicería en lugar de descansar en esa gran cama de Nyerere Drive. Al chico, sin embargo, no podían dejarle a merced de los acontecimientos. Tendría que asegurarse de que, pasara lo que pasara, no sufriera por el mal comportamiento de su madre.

Tal vez hubiera una solución para que el chico pudiera seguir yendo al colegio. Analizando la situación, ¿había alguien que fuera realmente infeliz? La mujer elegante era muy feliz; tenía un amante rico y una cama grande en la que tumbarse. Su amante rico le compraba ropa elegante y otras cosas que les suelen gustar a las señoras elegantes. El amante rico era feliz porque tenía una amante elegante y no tenía que pasar demasiado tiempo con su devota mujer. La mujer devota era feliz porque vivía donde quería vivir, hacía presuntamente lo que le gustaba hacer y tenía un marido que iba a casa con regularidad, pero no tanta como para ser un estorbo. El niño era feliz porque tenía dos padres y estaba recibiendo una buena educación en un colegio caro.

Sólo quedaba Letsenyane Badule. ¿Era feliz?, o si no lo era, ¿podría volver a serlo sin que cambiara la situación? Si pudieran encontrar la forma de hacerlo, no habría necesidad de modificar las circunstancias del niño. Pero ¿cómo lograrlo? No podía decirle al señor Badule que el chico no era su hijo, se disgustaría demasiado, sería demasiado cruel, y probablemente al muchacho también le molestaría enterarse. Cabía la posibilidad de que el chico no se diera cuenta de quién era su verdadero padre; a fin de cuentas, aunque ambos tuvieran la nariz muy grande, los niños no suelen fijarse en esas cosas y quizá ni siquiera se le había ocurrido. Mma Ramotswe decidió que no había necesidad de hacer nada al respecto; seguramente la ignorancia era el mejor estado para el niño. Más adelante, cuando se hubiera acabado de pagar el colegio, podría empezar a analizar las narices familiares y sacar sus propias conclusiones.

—Se trata del señor Badule —apuntó—. Tenemos que hacerle feliz. Tenemos que decirle lo que ocurre de manera que lo acepte. Si lo acepta, desaparece el problema.

—¡Pero si él mismo nos ha confesado que está preocupado! —objetó mma Makutsi.

—Está preocupado porque cree que es malo que su mujer se vea con otro hombre —replicó—. Le haremos cambiar de idea.

Mma Makutsi parecía dubitativa, pero le aliviaba que mma Ramotswe llevara las riendas de nuevo. No había que mentir, pero, dado el caso, no sería ella quien lo hiciera. Sea lo que fuere, mma Ramotswe era tremendamente ingeniosa. Si ella creía que podía hacer feliz al señor Badule, era porque lo veía posible.

Pero había otros temas que precisaban ser atendidos. Había llegado una carta de la señora Curtin en la que le preguntaba a mma Ramotswe si había descubierto algo. «Sé que es pronto para preguntarle —decía en la carta—, pero desde que hablé con usted he tenido la corazonada de que descubriría algo. No quisiera que sonara a adulación, mma, pero me dio la sensación de que es usted una de esas personas que, simplemente, sabe. No es necesario que me conteste; sé que no debería escribir esta carta tan pronto, pero tengo que hacer algo. Lo entenderá, mma Ramotswe, sé que lo entenderá.»

La carta, al igual que todas las peticiones que recibía de gente angustiada, había conmovido a mma Ramotswe. Pensó en lo que había avanzado hasta el momento. Había visto el sitio y había intuido que había sido allí donde la vida del joven había terminado. Así que en cierto modo había resuelto el caso nada más comenzar. Ahora tenía que empezar por el final y averiguar por qué le habían enterrado en ese lugar —porque sabía que le habían enterrado allí—, en esas áridas tierras, que lindaban con el Gran Kalahari; en una tumba solitaria, tan lejos de su gente, ¡y tan joven! ¿Qué pudo suceder? En un momento dado se había cometido una mala acción, y si uno quería saber en qué consistía esa mala acción, tenía que encontrar a la persona capaz de hacer esa mala acción. El señor Oswald Ranta.

La pequeña furgoneta blanca pasaba con cuidado por encima de las bandas de frenado, cuya finalidad era impedir que el personal universitario condujera alocadamente. Mma Ramotswe era una conductora considerada y se avergonzaba de la mala conducción que volvía las calles tan peligrosas. Claro está que Botsuana era mucho más segura que otros países de esa parte de África. Suráfrica estaba fatal; estaba llena de conductores agresivos que disparaban a cualquiera que se les cruzara en el camino y que solían estar borrachos, especialmente en los días de pago. Si el día de pago caía en viernes, salir a la calle

era una imprudencia. Suazilandia era aún peor. A los suazis les en-
cantaba la velocidad, y la serpenteante carretera que unía Manzini
con Mbabane, en la que en una ocasión ella misma había vivido media hora espantosa, acababa con muchas vidas. Se acordó del conmo-
vedor artículo que había leído, por casualidad, en *The Times of Swa-*
ziland, que publicaba la foto de un hombre bajito, insignificante y de
aspecto bastante reservado, bajo la cual una sencilla leyenda impresa
decía: «El fallecido Richard Mavuso (46)». El señor Mavuso, que tenía la cabeza diminuta y un pequeño bigote perfectamente recortado,
difícilmente podía haber aparecido asociado a alguna noticia de la
mayoría de las reinas de belleza, y ahora, por desgracia, tal como in-
formaba el periódico, había sido atropellado por una de ellas.

Esta noticia había afectado a mma Ramotswe de forma peculiar.
«Nuestro vecino Richard Mavuso (arriba) fue atropellado el viernes por
la noche por la primera dama de honor de Miss Suazilandia. La famosa
reina de belleza, la señorita Gladis Lapelala, de Manzini, atropelló al señor Mavuso cuando éste intentaba cruzar la carretera de Mbabane,
donde trabajaba de oficinista en el Departamento de Obras Públicas.»

Eso era todo lo que decía el artículo, y mma Ramotswe se preguntó por qué le había afectado tanto. La gente era atropellada constantemente sin que se le diera mayor importancia. ¿Acaso la diferencia estaba en que le había atropellado una reina de belleza? ¿Y por
qué era triste? ¿Porque el señor Mavuso era bajo y desconocido, y la
reina de la belleza alta y famosa? Quizá un acontecimiento así era una
impresionante metáfora de las injusticias de la vida; con frecuencia,
las personas poderosas, las personas con *glamour*, las personas agasa-
jadas podían apartar impunemente a las personas anónimas y tímidas.

Aparcó la pequeña furgoneta blanca en un sitio libre que había
detrás de los edificios administrativos y miró a su alrededor. Pasaba
cada día por delante de la zona universitaria, y estaba familiarizada
con el montón de edificios blancos con marquesinas que había esparcidos por las diversas hectáreas de terreno que había junto al viejo
aeródromo; sin embargo, nunca había tenido la oportunidad de entrar en ellos, y ahora, frente a un grupo de construcciones bastante
desconcertante, cada una con su impresionante y más bien extraño
nombre, se sintió ligeramente intimidada. No es que ella fuera una in-

culta, pero no se había licenciado en filosofía y letras. Y éste era un sitio donde todo el mundo se licenciaba en filosofía y letras, en ciencias
y en más cosas. Aquí había gente increíblemente culta; eruditos como
el profesor Tlou, que había escrito una historia de Botsuana y una
biografía de Seretse Khama, o el doctor Bojosi Otloghile, que había
escrito un libro sobre el Tribunal Supremo de Botsuana, que ella se
había comprado, pero que aún no había leído. Uno podía toparse con
cualquiera de estas personas al volver la esquina de uno de estos edificios, y su aspecto sería como el de todo el mundo; pero sus cabezas
contendrían bastante más materia que las de los individuos medios,
que no estaban especialmente llenas de gran cosa durante la mayor
parte del tiempo.

Echó un vistazo a un tablón de anuncios que mostraba un plano
del campus. Departamento de Física, en esa dirección; Departamento de Teología, en esa otra; Instituto de Estudios Avanzados, la primera a la derecha. Y luego algo bastante más útil: Información. Siguió la flecha que indicaba Información y llegó a una modesta
construcción prefabricada, oculta detrás del edificio de Teología y
enfrente del de Lenguas Africanas. Llamó a la puerta y entró.

Detrás de la mesa había sentada una mujer demacrada, que intentaba desenroscar el capuchón de una pluma estilográfica.

—Estoy buscando al señor Ranta —dijo—. Tengo entendido
que trabaja aquí.

La mujer parecía hastiada.

—Doctor Ranta —le corrigió—. No simplemente señor Ranta;
es el doctor Ranta.

—Lo siento —se excusó mma Ramotswe—. No era mi intención
ofenderle. ¿Dónde está, por favor?

—Le buscan por aquí, le buscan por allí —contestó la mujer—.
De repente está aquí y al cabo de un momento no está en ninguna
parte. Así es el doctor Ranta.

—Pero ¿está aquí en este momento? Es ahora cuando me interesa —preguntó mma Ramotswe.

La mujer arqueó las cejas.

—Mire en su despacho. Tiene un despacho aquí, pero la mayor
parte del tiempo la pasa en su habitación.

—¡Oh! —exclamó mma Ramotswe—. ¿De modo que el doctor Ranta es un mujeriego?

—Podría llamarse así —contestó la mujer—. Un día de éstos el Consejo Universitario le pillará y le atarán con una cuerda; pero mientras tanto, nadie se atreve a decirle nada.

Mma Ramotswe estaba intrigada. Con frecuencia la gente hacía el trabajo por uno, como estaba haciendo esta mujer ahora.

—¿Y eso por qué? —preguntó mma Ramotswe.

—Porque las chicas están demasiado asustadas para hablar —respondió la mujer—. Y todos sus colegas tienen algo que esconder. Ya sabe cómo funciona esto.

Mma Ramotswe cabeceó.

—No, no lo sé —dijo—. No estoy licenciada en filosofía y letras.

—Bueno —repuso la mujer—, ya se lo digo yo. Hay mucha gente como el doctor Ranta. Ya lo irá viendo. Le cuento todo esto porque me voy mañana. He encontrado un trabajo mejor.

Mma Ramotswe recibió instrucciones de cómo llegar al despacho del doctor Ranta y se despidió de la solícita recepcionista. Pensó que no había sido una buena idea por parte de la universidad poner a esa mujer en el puesto de información. Si a cualquier pregunta sobre un miembro del personal contestaba con un cotilleo sobre el mismo, podía causarle una mala impresión al visitante; aunque tal vez había hablado así porque se iba al día siguiente, en cuyo caso, pensó mma Ramotswe, tenía que aprovechar esa oportunidad.

—Una cosa más, mma —comentó desde la puerta—, tal vez sea difícil enfrentarse con el doctor Ranta porque, en realidad, no ha hecho nada malo. Quizá no esté bien que coquetee con las alumnas, pero ésa no es razón para despedirle, al menos hoy en día; de modo que a lo mejor no podrá hacerse nada.

Supo de inmediato que iba a funcionar, y que su sospecha de que la recepcionista había sufrido a manos del doctor era correcta.

—Sí, sí que ha hecho algo malo —replicó, repentinamente animada—. A una alumna le ofreció preguntas de un examen a cambio de que le complaciera. ¡De verdad! Soy la única que lo sabe. La alumna era hija de mi prima. Habló con su madre, pero no se lo contó a nadie más. Fue su madre la que me lo contó.

—Pero no tiene pruebas —apuntó mma Ramotswe con suavidad—. ¿Es ése el problema?

—Sí —contestó la recepcionista—. No hay pruebas. Saldría indemne.

—Y esa chica, Margaret, ¿qué hizo?

—¿Margaret? ¿Quién es Margaret?

—La hija de su prima —respondió mma Ramotswe.

—No se llama Margaret —repuso la recepcionista—. Se llama Angel. No hizo nada y él se salió con la suya. Los hombres siempre se salen con la suya, ¿no? Siempre.

Mma Ramotswe tuvo ganas de decir: «No, no siempre», pero como disponía de poco tiempo, se despidió por segunda vez y se dirigió al Departamento de Económicas.

La puerta estaba abierta. Antes de llamar, mma Ramotswe reparó en el pequeño letrero que había colgado en ésta: *«Doctor Oswald Ranta, Licenciado en Ciencias Económicas (UB), Doctor en Filosofía (Duke). Si no estoy, pueden dejarle el mensaje a la secretaria del Departamento. Los alumnos que quieran que se les entreguen los trabajos deben hablar con sus tutores o acudir a sus despachos correspondientes».*

Trató de escuchar voces en el interior del despacho, pero no se oyó nada, sólo el sonido del tecleo de una máquina de escribir. El doctor Ranta estaba dentro.

Cuando llamó a la puerta y la abrió lentamente, el doctor levantó la vista de golpe.

—Sí, mma, ¿qué desea? —preguntó.

Mma Ramotswe pasó del inglés al setsuana.

—Quería hablar con usted, rra. ¿Tiene un momento?

El doctor echó un rápido vistazo a su reloj.

—Sí —respondió educadamente—, pero sea breve. ¿Es usted una de mis alumnas?

Mma Ramotswe hizo un gesto como para quitarse importancia mientras se sentaba en la silla que el doctor Ranta le había indicado.

—No he estudiado tanto. Me saqué el Certificado del Colegio

de Cambridge y ahí me quedé. Verá, entré a trabajar en la empresa de autobuses del marido de mi prima. No pude seguir con mis estudios.

—Nunca es demasiado tarde —señaló él—. Podría estudiar. Tenemos alumnos muy mayores aquí. No estoy diciendo que usted sea muy mayor, naturalmente, pero la cuestión es que todo el mundo puede estudiar.

—Tal vez —repuso ella—. Tal vez algún día.

—Podría estudiar casi cualquier cosa —prosiguió él— excepto medicina. Aún no formamos médicos.

—Ni detectives.

El hombre parecía sorprendido.

—¿Detectives? En las universidades no se estudia eso.

Mma Ramotswe frunció las cejas.

—Pues yo he leído que en las universidades estadounidenses hay cursos para ser detective privado. Tengo un libro de...

El doctor Ranta la interrumpió:

—¡Ah, eso! Sí, en las universidades de Estados Unidos se puede hacer un curso de cualquier cosa. Hasta de natación, si quiere. Pero sólo en algunas. En las buenas, en las que llamamos *Ivy League,** no se dedican a este tipo de tonterías, estudian asignaturas de verdad.

—¿Como lógica?

—Como lógica, sí. La estudian en filosofía. Evidentemente, en Duke también enseñaban lógica, al menos en mis tiempos.

Había querido impresionarla y ella intentó complacerle con una mirada de admiración. «Este hombre —dijo para sí— necesita aprobación constante; por eso lo de las chicas.»

—Estoy segura de que ser detective privado se trata de eso. De lógica y un poco de psicología. Si tienes lógica, sabes cómo tendrían que ser las cosas; si sabes psicología, teóricamente sabes cómo opera la gente.

El doctor Ranta sonrió y enlazó las manos sobre la barriga, como si se estuviese preparando para una tutoría; mientras, reco-

* Grupo de universidades en el noreste de Estados Unidos, famosas por su prestigio académico y social. *(N. de la T.)*

rrió el cuerpo de mma Ramotswe con la mirada y ella lo percibió. Le devolvió la mirada, observó sus manos enlazadas y la llamativa corbata.

—Bueno, mma —dijo él—, me encantaría filosofar largo y tendido con usted, pero tengo una reunión dentro de un rato; así que dígame de qué quería hablar conmigo. ¿No sería de filosofía, no?

Mma Ramotswe se echó a reír.

—No quiero hacerle perder tiempo, rra. Es usted un hombre inteligente y tiene muchas reuniones que atender. Yo no soy más que una detective y...

Vio que se ponía tenso. Separó las manos y las apoyó en los brazos de la silla.

—¿Es usted detective? —preguntó con más frialdad.

Mma Ramotswe quiso restarse importancia:

—Es sólo una pequeña agencia. La Primera Agencia Femenina de Detectives. Está en el Monte Kgale. Tal vez la haya visto.

—Nunca voy por allí —replicó—. No he oído hablar de usted.

—Bueno, tampoco esperaba que hubiera oído hablar de mí, rra. A diferencia de usted, yo no soy conocida.

Incómodo, el doctor se llevó la mano derecha al nudo de la corbata.

—¿Por qué quiere hablar conmigo? —preguntó—. ¿Le ha dicho alguien que viniera?

—No —respondió ella—. No es eso.

Notó que su respuesta le había tranquilizado y volvió a mostrarse arrogante:

—¿Entonces?

—He venido a pedirle que me hable de algo que ocurrió hace mucho tiempo, hace diez años.

El doctor Ranta la miró con fijeza. Su mirada era ahora cautelosa y desprendía ese olor acre inconfundible que desprenden las personas cuando tienen miedo.

—Diez años es mucho tiempo. No es fácil acordarse.

—No —le contradijo ella—. Las cosas se olvidan; pero hay algunas que no se olvidan fácilmente. Una madre, por ejemplo, nunca olvida a su hijo.

Mientras ella hablaba, la conducta del doctor se alteró. Se levantó de la silla, riéndose.

—¡Ah! —exclamó—. Ya sé a qué se refiere. Esa estadounidense, la que siempre está haciendo preguntas, ¿le está pagando para que vaya por ahí escarbando en el pasado? Pero ¿es que no se va a rendir nunca? ¿No aprenderá nunca?

—¿No aprenderá qué? —preguntó mma Ramotswe.

El doctor estaba delante de la ventana, contemplando a un grupo de estudiantes que estaban en el camino de fuera.

—Que no hay nada que averiguar —respondió él—. Que el chico está muerto. Que debió de adentrarse en el Kalahari y perderse. Se fue a dar un paseo y nunca volvió. Es fácil que eso ocurra, ¿sabe? Verá, todos los espinos se parecen mucho; ahí abajo no hay colinas para guiarse y uno se pierde. Especialmente un hombre blanco fuera de su elemento natural. ¿Qué esperaba?

—Yo no creo que se perdiera y muriera —apuntó mma Ramotswe—. Creo que pasó algo más.

El doctor Ranta se volvió y la miró.

—¿Como qué? —espetó.

Mma Ramotswe se encogió de hombros.

—No lo sé con exactitud. ¿Cómo iba a saberlo? Yo no estuve allí. —Hizo una pausa antes de añadir, casi susurrando—: Pero usted sí.

Le oyó respirar mientras se sentaba de nuevo. Fuera, en el camino, un alumno gritó, dijo algo sobre una chaqueta, y los otros se rieron.

—¿Ha dicho que yo estuve allí? ¿A qué se refiere?

Mma Ramotswe sostuvo la mirada.

—Me refiero a que usted vivía allí en aquella época. Era uno de los que le veían a diario. Le vio el día de su muerte. Debe de saber algo.

—En su momento ya se lo dije a la policía y a los estadounidenses que vinieron a hacernos preguntas a todos. Le vi aquella mañana, una vez, y luego a la hora de comer. Les expliqué lo que habíamos comido, les describí cómo iba vestido; les conté todo.

A medida que iba hablando, mma Ramotswe tomó una decisión:

el doctor Ranta estaba mintiendo. Si hubiera dicho la verdad, ella misma habría concluido la entrevista, pero ahora sabía que su intuición inicial había sido acertada. No decía más que mentiras. Era fácil darse cuenta; es más, mma Ramotswe no podía entender que la gente no supiera cuándo alguien estaba mintiendo. A su modo de ver era obvio, y puede que el doctor Ranta tuviera hasta una mancha clara alrededor del cuello, señal de que mentía.

—No le creo, rra —se limitó a decir—. Me está mintiendo.

El doctor abrió un poco la boca y luego la cerró. Entonces, volviendo a enlazar las manos encima de su barriga, se reclinó en la silla.

—Esta conversación ha terminado, mma —anunció—. Lamento no poder ayudarla. Váyase a casa y estudie algo más de lógica. La lógica le enseñará que cuando alguien le dice que no puede ayudarla es que no puede ayudarla. Cosa lógica, al fin y al cabo.

Hablaba con desprecio, encantado con su elegante juego de palabras.

—Muy bien, rra —dijo mma Ramotswe—. Podría ayudarme a mí o, mejor dicho, a esa pobre mujer de Estados Unidos. Es madre. Usted tuvo una madre. Podría decirle que pensara en los sentimientos de esa madre, pero sé que con alguien como usted no serviría de nada. Esa mujer no le importa. No sólo porque es blanca y extranjera; si fuera de su propio pueblo tampoco le importaría, ¿verdad?

El hombre sonrió.

—Ya se lo he dicho. La conversación ha terminado.

—Pero a veces se puede hacer que las personas que no se preocupan por los demás se preocupen.

El doctor soltó una risotada.

—Llamaré a Administración para decirles que hay una intrusa en mi despacho. Podría decirles que la pillé intentando robar algo. Podría hacerlo, ¿sabe? En realidad, creo que eso es lo que haré. Últimamente hemos tenido problemas con algunos robos accidentales y no tardarán mucho en mandar a los de seguridad. Podría tener dificultades para explicarlo todo, doña Lógica.

—Yo que usted no lo haría, rra —sugirió ella—. Sé todo lo de Angel.

El efecto fue inmediato. El doctor se puso rígido y a mma Ramotswe le llegó de nuevo ese olor acre, ahora más fuerte.

—Sí —afirmó—. Sé lo de Angel y el examen. Tengo una declaración en mi despacho. Ahora sí que está usted entre la espada y la pared. ¿Qué haría en Gaborone un catedrático en paro, rra? ¿Volvería a su pueblo? ¿A echar una mano con el ganado?

Notó que sus palabras eran como hachazos. «Extorsión —pensó—. Chantaje. Así es como se siente un chantajista cuando tiene a una víctima sometida. Absolutamente poderoso.»

—No puede hacer eso... Lo negaré... No podrá probar nada...

—Tengo todas las pruebas necesarias —repuso mma Ramotswe—. A Angel, y a otra alumna que está dispuesta a mentir y a decir que le dio usted preguntas de examen. Está enfadada con usted y mentirá. Lo que cuente no será verdad, pero habrá dos alumnas contando la misma historia. Los detectives llamamos a eso corroboración, rra. A los tribunales les gustan las corroboraciones. Las llaman declaraciones similares de un hecho. Sus colegas del Departamento de Derecho le pondrán al día sobre el tema. Vaya a hablar con ellos. Le explicarán cómo funcionan las leyes.

Mma Ramotswe vio al doctor Ranta mover la lengua entre los dientes, como si quisiera humedecerse los labios; y vio también la mancha de sudor de sus axilas. Observó que llevaba los cordones de un zapato desabrochados y que su corbata tenía un lamparón de café o té.

—No me gusta nada hacer esto, rra —explicó mma Ramotswe—, pero es mi trabajo. A veces tengo que ser dura y hacer cosas que no me gusta hacer. Y lo que estoy haciendo ahora debo hacerlo porque hay una mujer que está muy triste, y que sólo quiere decirle adiós a su hijo. Sé que a usted no le importa, pero a mí sí, y creo que los sentimientos de esa madre son más importantes que los suyos. De modo que le propongo un trato: usted me cuenta lo que ocurrió y yo le prometo (y cuando doy mi palabra, la doy de verdad), le prometo que no volverá a oír hablar de Angel y su amiga.

El doctor respiraba con irregularidad; jadeaba como alguien que estuviera enfermo y tuviera las vías respiratorias obstruidas; le costaba respirar.

—Yo no lo maté —confesó—. Yo no lo maté.

—Ahora está diciendo la verdad —apuntó mma Ramotswe—. Lo presiento. Pero tiene que decirme qué pasó y dónde está el cadáver del muchacho. Eso es lo que quiero saber.

—¿Irá a la policía y les contará que he ocultado información? Porque si piensa hacer eso, prefiero enfrentarme con esa chica y afrontar las consecuencias.

—No, no iré a la policía. Sólo se lo diré a la madre del chico. Sólo a su madre.

El hombre cerró los ojos.

—Aquí no puedo hablar. Venga a verme a mi casa.

—Iré esta noche.

—No —objetó él—, mañana.

—He dicho esta noche —insistió ella—. Esa mujer lleva diez años esperando. No quiero que espere más.

—Está bien. Le anotaré mi dirección en un papel. Venga a las nueve.

—No, a las ocho —repuso mma Ramotswe—. No todas las mujeres están dispuestas a hacer lo que usted ordena.

Abandonó su despacho, y mientras se dirigía a su pequeña furgoneta blanca escuchó su propia respiración y sintió que su corazón latía con fuerza. Ignoraba de dónde había sacado el coraje, pero ahí estaba, como el agua del fondo de un pozo en desuso, insondable.

18

En Tlokweng Road Speedy Motors

Mientras mma Ramotswe se entregaba a los placeres del chantaje —porque de eso se trataba, aunque fuera por una buena causa, y a ese respecto mma Makutsi y ella tendrían que hablar, a su debido tiempo, del problema moral que planteaba—, el señor J. L. B. Matekoni, mecánico de su excelencia el alto comisionado británico de Botsuana, se llevó a sus dos hijos adoptados al taller a pasar la tarde. La niña, Motholeli, le había suplicado que los llevara para poder verle trabajar, y él, asombrado, había accedido. Un taller no era el lugar más indicado para unos niños, con tanta herramienta pesada y mangueras neumáticas, pero podía ordenarle a uno de los aprendices que los vigilara mientras él trabajaba. Además, quizá fuera una buena idea ir enseñándole al niño el taller para que pudiera aficionarse a la mecánica a una edad temprana. La comprensión de coches y motores debía inculcarse pronto; no era algo que pudiera adquirirse más adelante. Uno podía convertirse en mecánico a cualquier edad, por supuesto, pero no todo el mundo podía sentir los motores. Eso se adquiría por ósmosis, lentamente, con el paso de los años.

Aparcó delante de su despacho; así Motholeli podría sentarse en la silla de ruedas sin que nadie la viera. El niño salió corriendo a investigar un grifo que había en el lateral del edificio y tuvo que ser llamado de vuelta.

—Este sitio es peligroso —advirtió el señor J. L. B. Matekoni—. Tendrás que quedarte con uno de esos dos chicos de ahí.

Llamó al aprendiz más joven, el que le daba constantemente palmadas en el hombro con los dedos llenos de grasa y le manchaba el mono de trabajo limpio.

—Deja lo que estabas haciendo —ordenó— y vigila a estos dos niños mientras trabajo. Asegúrate de que no se hagan daño.

Al aprendiz pareció aliviarle su nueva tarea y sonrió a los niños de oreja a oreja. «Éste es el vago —dijo el señor J. L. B. Matekoni para sus adentros—. Se le daría mejor ser niñera que mecánico.»

Había mucho que hacer en el taller. Habían traído un minibús de un equipo de fútbol para hacerle una revisión general y el trabajo suponía un desafío. Debido a una sobrecarga constante, el motor había sido forzado en exceso, pero ése era el caso de todos los minibuses del país. Siempre iban sobrecargados, ya que sus propietarios intentaban meter todos los pasajeros posibles. Éste, que necesitaba anillos nuevos, despedía un acre humo negro, hasta tal punto que los jugadores se habían quejado de insuficiencia respiratoria.

Abrieron el capó y desconectaron la transmisión. Con la ayuda del otro aprendiz, el señor J. L. B. Matekoni instaló en el motor un aparejo de izar y empezó a sacarlo del vehículo. Motholeli, que miraba atentamente desde la silla de ruedas, le indicó algo a su hermano, quien echó un rápido vistazo al motor y luego desvió la mirada. Estaba dibujando algo en una mancha de aceite que había en el suelo.

El señor J. L. B. Matekoni extrajo los pistones y los cilindros. Luego hizo una pausa y miró a los niños.

—¿Qué pasa, rra? —preguntó la niña—. ¿Va a cambiar esos anillos de ahí? ¿Para qué sirven? ¿Son importantes?

El señor J. L. B. Matekoni miró al niño.

—¿Lo ves, Puso? ¿Ves lo que estoy haciendo?

El muchacho esbozó una sonrisa.

—Está haciendo un dibujo en el aceite —comentó el aprendiz—. Está dibujando una casa.

La niña preguntó:

—¿Puedo acercarme, rra? No le molestaré.

El señor J. L. B. Matekoni asintió con la cabeza y, después de que ella se hubiera acercado con la silla, señaló la zona problemática.

—Sujeta esto —le dijo—. Ten.

Motholeli cogió la llave inglesa y la sujetó con fuerza.

—Muy bien —dijo—. Ahora enrosca éste de aquí. ¿Lo ves? No demasiado. Así, perfecto.

El señor J. L. B. Matekoni cogió la llave inglesa y la dejó en la bandeja. Después se volvió y observó a Motholeli. Estaba en su silla, inclinada hacia delante; los ojos le brillaban de interés. Conocía esa mirada; la expresión de quien ama los motores. Era imposible fingirla; el aprendiz más joven, por ejemplo, no la tenía, y por eso nunca sería más que un mecánico mediocre. Pero esta niña, esta niña extraña y seria que la vida le había traído, reunía las facultades de un mecánico. Tenía habilidades. Nunca las había visto en una chica, pero ahí estaban. ¿Por qué no? Mma Ramotswe le había enseñado que no había ningún motivo por el que las mujeres no pudieran hacer lo que quisieran. Y, sin lugar a dudas, tenía razón. La gente había dado por sentado que los detectives privados serían hombres, y sólo había que fijarse en lo bien que le había ido a ella. Había sido capaz de usar el poder de observación y la intuición de las mujeres para averiguar cosas que bien podían escapársele a un hombre. De modo que si una niña podía aspirar a convertirse en detective, ¿por qué no a entrar en el mundo predominantemente masculino de los coches y los motores?

Motholeli alzó la vista para mirar, siempre con respeto, al señor J. L. B. Matekoni.

—¿No está enfadado conmigo, rra? —le preguntó—. ¿No cree que soy un estorbo?

El señor J. L. B. Matekoni le palmeó el brazo

—Por supuesto que no —respondió—. Estoy muy orgulloso de ti; muy orgulloso de tener una hija que será una gran mecánica. Porque eso es lo que quieres, ¿verdad?

Ella asintió modestamente.

—Siempre me han gustado los motores —explicó—. Siempre me ha gustado verlos. Siempre he querido manejar destornilladores y llaves inglesas, pero nunca he tenido la oportunidad de hacerlo.

—Bueno —repuso el señor J. L. B. Matekoni—, pues eso va a cambiar desde ya. Los sábados por la mañana podrás venir a ayudarme. ¿Te gustaría? Te haremos una mesa de trabajo especial, una mesa baja, para que puedas trabajar desde la silla.

—Es usted muy amable, rra.

Pasó el resto de la tarde junto a él, observando cada movimiento, haciendo alguna pregunta de vez en cuando, pero intentando no molestar. El señor J. L. B. Matekoni trabajó pacientemente hasta que, al final, volvió a colocar el motor del minibús, revigorizado, en su sitio, y al ponerlo en marcha éste ya no emitió ese humo negro y acre.

—¿Lo ves? —dijo el señor J. L. B. Matekoni con orgullo, señalando el tubo de escape limpio—. Para que el aceite no se queme de esa manera, no tiene que salirse de su sitio. Todo tiene que estar herméticamente cerrado, y los anillos de los pistones en buen estado. Todo donde corresponde.

Motholeli aplaudió.

—Ahora el minibús será más feliz —comentó.

El señor J. L. B. Matekoni sonrió.

—Sí —afirmó—. Ahora será más feliz.

En ese momento supo, más allá de toda duda, que esa niña tenía talento. Sólo a aquellos que entendían las máquinas se les podía ocurrir que un motor fuera feliz; era una sutileza de la que carecían los que no pensaban como mecánicos. Y ella, a diferencia del aprendiz más joven, tenía esa sutileza; el aprendiz antes que hablar con un motor le daba una patada, y a menudo le había visto forzando el metal. «No se puede forzar el metal —le había dicho el señor J. L. B. Matekoni en repetidas ocasiones—. Si se fuerza el metal, éste se resiste. De todo lo que he intentado enseñarte, al menos recuerda esto.» Sin embargo, el aprendiz había seguido rompiendo tornillos, girando la tuerca en la dirección equivocada, y deformando las bridas que parecían reacias a encajar bien. Las máquinas no podían tratarse así.

Esta niña era distinta. Entendía los sentimientos de los motores, y saltaba a la vista que algún día sería una gran mecánica.

La miró orgulloso mientras se limpiaba las manos con un trapo de algodón. El futuro de Tlokweng Road Speedy Motors parecía asegurado.

19

¿Qué ocurrió?

Mma Ramotswe estaba asustada. Sólo había sentido miedo una o dos veces desde que era la única detective privada de Botsuana (título que aún le correspondía; no había que olvidar que mma Makutsi sólo era detective privada adjunta). La primera, cuando había ido a ver a Charlie Gotso, ese acaudalado empresario que aún se codeaba con hechiceros; lo cierto es que en ese encuentro se había preguntado si su visita supondría algún día un peligro real para ella. Y ahora que tenía que ir a casa del doctor Ranta volvía a notar en el estómago la misma sensación de frío; aunque, evidentemente, no había motivos para ello. La casa en cuestión era una casa normal, y estaba en una de las muchas calles que había cerca del colegio Maru-a-Pula. En la casa de al lado habría vecinos y se oirían voces; habría perros ladrando en la noche; luces de coches. No le cabía en la cabeza que el doctor Ranta pudiera suponerle peligro alguno. Era un consumado seductor, puede que un manipulador y un oportunista, pero no un asesino.

Aunque, por otra parte, las personas más normales pueden ser asesinas. Si uno tuviera que morir asesinado, habría muchas probabilidades de que hubiera conocido a su agresor en circunstancias de lo más normales. Recientemente se había suscrito a la *Revista de Criminología* (un error que le había costado caro porque contenía muy pocas cosas que le interesaran), pero entre sus absurdas tablas e ininteligible prosa se había encontrado con un dato impresionante: la aplastante mayoría de víctimas de homicidio conocía a sus verdugos.

No las mataban desconocidos, sino amigos, familiares y compañeros de trabajo. Las madres mataban a sus hijos. Los maridos mataban a sus mujeres. Las mujeres mataban a sus maridos. Los empleados mataban a sus jefes. Al parecer el peligro acechaba cada instante de la vida cotidiana. ¿Sería cierto? No en Johanesburgo, pensó, donde la gente moría a manos de los totsis, que merodeaban por la noche, de ladrones de coches dispuestos a usar sus pistolas, y de fortuitos actos de violencia indiscriminada llevados a cabo por chicos jóvenes para los que la vida no valía nada. Pero ciudades así eran quizás una excepción; quizás en circunstancias más normales los homicidios se producían precisamente en este tipo de entorno: en una sencilla casa donde se charlaba con tranquilidad mientras a dos pasos de allí la gente seguía con sus tareas cotidianas.

El señor J. L. B. Matekoni intuyó que algo andaba mal. Había ido a cenar con ella para explicarle la visita que esa misma tarde le había hecho a su asistenta en la cárcel, y enseguida se había dado cuenta de que mma Ramotswe estaba medio ausente. Al principio no le dijo nada; pensó que la historia de la asistenta la distraería de lo que fuera que la preocupara.

—Lo he dispuesto todo para que vaya a verla un abogado —dijo—. Hay un hombre en la ciudad que sabe cómo funcionan este tipo de casos. Irá a verla a su celda y la representará en el juicio.

Mma Ramotswe le sirvió al señor J. L. B. Matekoni una abundante cantidad de judías en el plato.

—¿Le ha contado algo? —preguntó ella—. Es para preocuparse. ¡Mire que es tonta!

El señor J. L. B. Matekoni arrugó la frente.

—Estaba histérica cuando llegué. Se puso a gritar a los carceleros. Pasé una vergüenza tremenda. Me dijeron: «Por favor, controle a su mujer y dígale que cierre la boca». Tuve que decirles dos veces que no era mi mujer.

—Pero ¿por qué gritaba? —preguntó mma Ramotswe—. Seguro que sabe que chillando no saldrá de la cárcel.

—Sí, supongo que sí —repuso el señor J. L. B. Matekoni—. Gritaba porque estaba muy enfadada. Dijo que no era ella quien tenía que estar allí, sino otra persona. La mencionó a usted, no sé por qué.

Mma Ramotswe se sirvió judías en el plato.

—¿A mí? ¿Y qué pinto yo en todo esto?

—Eso mismo le pregunté —prosiguió el señor J. L. B. Matekoni—, pero se limitó a sacudir la cabeza y no dijo nada más al respecto.

—¿Y la pistola? ¿Le dijo algo de la pistola?

—Me dijo que no era suya, que era de un amigo que tenía que haber ido a recogerla. Luego me dijo que no sabía que estaba allí, que pensaba que había carne en el paquete. Eso me dijo.

Mma Ramotswe cabeceó.

—No le creerán; de lo contrario, nunca podrían condenar a nadie por tenencia ilícita de armas.

—Eso es lo que me comentó el abogado por teléfono —explicó el señor J. L. B. Matekoni—. Me dijo que era muy difícil retirar ese tipo de cargos. Los tribunales nunca creen eso de que uno no sabía que tenía una pistola. Dan por sentado que está mintiendo y lo mandan a la cárcel al menos un año. Si tiene antecedentes penales, como suele pasar, mucho más tiempo.

Mma Ramotswe se acercó la taza de té a los labios. Le gustaba beber té en las comidas, y tenía una taza especial para ello. Intentaría comprarle una a juego al señor J. L. B. Matekoni, pensó, aunque tal vez fuera difícil porque era de fabricación inglesa, y muy especial.

El señor J. L. B. Matekoni miró de reojo a mma Ramotswe. Tenía algo en el pensamiento. Era importante, pensó, que los matrimonios no se ocultaran cosas, y nada impedía que instauraran esa costumbre desde ahora mismo. No es que hubiera olvidado que le había ocultado a mma Ramotswe lo de la adopción de los niños, lo que no había sido precisamente peccata minuta, pero eso ya era agua pasada y podían empezar de cero.

—Mma Ramotswe —comentó—, esta noche la noto nerviosa. ¿Es por algo que yo haya dicho?

Mma Ramotswe dejó la taza de té mientras miraba en su reloj qué hora era.

—No tiene nada que ver con usted —replicó—. Es que luego tengo que ir a hablar con alguien. Es sobre el hijo de mma Curtin, y me inquieta ver a esa persona.

Le habló de sus miedos. Le explicó que, aunque sabía que era muy improbable que un economista de la Universidad de Botsuana fuera violento, estaba convencida de que tenía mal carácter, y eso la inquietaba sobremanera.

—Hay un nombre para ese tipo de personas —explicó—. He leído sobre el tema. Los llaman psicópatas. Son gente sin moral.

El señor J. L. B. Matekoni escuchó en silencio, con la frente arrugada por la preocupación. Después, cuando ella acabó de hablar, dijo:

—Entonces no puede ir. No puedo dejar que mi futura esposa se exponga de esta manera.

Ella le miró.

—Me halaga saber que se preocupa por mí —comentó—. Pero ésta es mi vocación. Si tuviera miedo, me habría dedicado a otra cosa.

El señor J. L. B. Matekoni parecía triste.

—Pero no conoce a ese hombre. No puede ir a su casa, así, sin más. Aunque, si insiste, yo también iré. Esperaré fuera. Él no tiene por qué saber que estoy allí.

Mma Ramotswe se puso a pensar. No quería que el señor J. L. B. Matekoni se enfadara, y si esperando fuera su ansiedad disminuía, no había razón alguna para que no la acompañara.

—Está bien —accedió—. Se quedará fuera. Iremos en mi furgoneta. Podrá esperar sentado mientras yo hablo con él.

—Así en caso de emergencia podrá gritar —puntualizó él—. Estaré atento.

Acabaron de cenar con un estado de ánimo más relajado. Motholeli estaba en la habitación de su hermano leyéndole un cuento; los niños habían cenado más temprano. Terminada la cena, y mientras el señor J. L. B. Matekoni llevaba los platos a la cocina, mma Ramotswe fue hasta la habitación y se encontró a la niña dormida, con el libro descansando sobre las rodillas. Puso estaba aún medio despierto, con un brazo sobre el pecho y el otro colgando fuera de la cama. Le metió el brazo bajo las sábanas y él le sonrió soñoliento.

—Ya es hora de irse a la cama —le dijo a la niña—. El señor J. L. B. Matekoni me ha contado que has tenido un día muy duro reparando motores.

Empujó la silla de Motholeli hasta su cuarto, donde la ayudó a levantarse y sentarse en el borde de la cama. A la niña le gustaba hacer las cosas por sí misma, por eso la dejó desnudarse sola y ponerse el nuevo camisón que el señor J. L. B. Matekoni le había comprado cuando fueron de tiendas. El color no era el adecuado, pensó mma Ramotswe, claro que lo había escogido un hombre, y no podía esperarse que un hombre supiera hacer tales cosas.

—¿Eres feliz aquí, Motholeli? —preguntó mma Ramotswe.

—Muy feliz —respondió la niña—. Cada día soy más feliz.

Mma Ramotswe la arropó y le dio un beso en la mejilla. Luego apagó la luz y abandonó la habitación. «Cada día soy más feliz.» Mma Ramotswe se preguntó si el mundo que estos niños heredarían sería mejor que aquel en el que el señor J. L. B. Matekoni y ella habían crecido. Ellos habían tenido una infancia más feliz, dijo para sí, porque habían sido testigos de la independencia de África y de sus primeros pasos en el mundo. Pero ¡qué adolescencia tan problemática había vivido el continente, con sus vanidosos dictadores y su burocracia corrupta! Y, en todo momento, los africanos no habían cejado en el empeño de vivir decentemente en medio de tanta confusión y desengaño. ¿Sabían quienes tomaban todas las decisiones del planeta, los poderosos de ciudades como Washington y Londres, que había gente como Motholeli y Puso? ¿Les importaban? Estaba convencida de que, si estuvieran al corriente, les importarían. A veces pensaba que la gente de ultramar no tenía sitio para África en el corazón, porque nadie les había dicho nunca que los africanos eran iguales que ellos. No sabían que había gente como su papaíto, Obed Ramotswe, que aparecía, orgullosamente ataviado con su reluciente traje, en la foto del salón. «No tenía nietos —le dijo a la fotografía—, y ahora tiene dos. En esta casa.»

La foto permaneció muda. «Le hubiera encantado conocer a los niños —pensó—. Habría sido un buen abuelo, les habría enseñado la antigua moralidad de Botsuana y cómo vivir una vida digna.» Ahora tendría que enseñárselo ella; ella y el señor J. L. B. Matekoni. En breve iría al orfanato y le daría las gracias a mma Potokwane por haberles dado los niños. También le agradecería todo lo que hacía por los demás huérfanos, porque algo le decía que nunca le habían dado las gracias por eso. Puede que fuera mandona, pero es que era directora, y una directora tenía que ser así, al igual que los detectives tenían que ser fisgones, y los mecánicos... A ver, ¿cómo tenían que ser los mecánicos? ¿Grasientos? No, grasiento no era la palabra adecuada. Tendría que pensarlo.

—Estaré preparado —anunció el señor J. L. B. Matekoni en voz baja, aunque no había necesidad para ello—. Sabrá en todo momento que estoy aquí, aquí mismo, esperando. Si grita, la oiré.

Bajo la tenue luz de una farola de la calle analizaron la casa, un indistinguible edificio con techo de tejas rojas y jardín descuidado.

—Está claro que no tiene jardinero —observó mma Ramotswe—. ¡Mire qué desastre!

Era una desconsideración no tener jardinero si, como en el caso del doctor Ranta, se tenía un trabajo bien remunerado en un despacho. Era una obligación social contratar servicio doméstico, pues había mucha gente disponible y desesperada por encontrar trabajo. Los sueldos eran bajos, «exageradamente bajos», pensó mma Ramotswe, pero por lo menos el sistema creaba puestos de trabajo. Si todas las personas que tenían trabajo contrataran una asistenta, las asistentas y sus hijos tendrían qué comer. Si todo el mundo limpiaba su propia casa y cuidaba de su jardín, ¿qué sería de las asistentas y los jardineros?

Por no cultivar su jardín el doctor Maeopi había demostrado que era un egoísta, cosa que a mma Ramotswe no le había sorprendido en absoluto.

—Demasiado egoísta —precisó el señor J. L. B. Matekoni.

—Eso mismo estaba pensando yo —repuso mma Ramotswe.

Abrió la puerta de la furgoneta y salió de ésta. La furgoneta era algo pequeña para una mujer como ella, de constitución tradicional, pero le tenía cariño, y temía el día en que el señor J. L. B. Matekoni ya no pudiera arreglarla más. Ninguna furgoneta moderna, con toda su sofisticación y sus artilugios, podría reemplazar a la pequeña furgoneta blanca. Desde que la había comprado once años atrás, la había acompañado fielmente en todos sus viajes, soportando las elevadas temperaturas del mes de octubre, o el fino polvo que en ciertas épocas del año venía desde el Kalahari y cubría todo con un manto de color marrón rojizo. El polvo era el enemigo de los motores, le había explicado el señor J. L. B. Matekoni en más de una ocasión, el enemigo de los motores, pero el amigo del mecánico hambriento.

El señor J. L. B. Matekoni vio cómo mma Ramotswe se acercaba a la casa y llamaba a la puerta. El doctor Ranta debía de estar esperándola, porque enseguida la hizo pasar y cerró la puerta.

—¿Va a entrar sola, mma? —preguntó el doctor Ranta—. ¿Su amigo que está ahí no quiere entrar?

—No —contestó ella—. Me esperará fuera.

El doctor Ranta se rió.

—¿Es su guardaespaldas? ¿Ha venido para que usted se sienta segura?

Mma Ramotswe no respondió a su pregunta.

—Bonita casa —comentó—. Es usted afortunado.

El doctor le indicó que le siguiera hasta el salón. Luego le señaló una silla para que se sentara y él hizo lo propio.

—No quiero malgastar el tiempo hablando con usted —anunció él—. Hablaré únicamente porque me ha amenazado, y porque tengo ciertos problemas con algunas mujeres que han mentido. Es la única razón por la que voy a hablar con usted.

Mma Ramotswe se dio cuenta de que su orgullo estaba herido. Una mujer le había puesto entre la espada y la pared; una dolorosa humillación para un mujeriego como él. De nada servirían los rodeos, pensó, de modo que fue al grano.

—¿Cómo murió Michael Curtin? —preguntó ella.

Estaba sentado en su silla, justo delante de ella, y fruncía los labios.

—Yo trabajaba en la granja —explicó, haciendo caso omiso a su pregunta—. Soy especialista en economía rural, y la Fundación Ford les había hecho una donación para que contrataran a alguien que estudiara la economía de las empresas dedicadas a la agricultura minifundista. Ése era mi trabajo. Pero sabía que no había nada que hacer. Lo supe desde el principio. Eran todos unos idealistas. Creían que podrían cambiar las cosas. Yo sabía que no funcionaría.

—Pero aceptó el dinero —soltó mma Ramotswe.

El doctor la miró con desdén.

—Era un trabajo. Soy economista. Estudio lo que funciona y lo que no. Tal vez no lo entienda…

—Sí, lo entiendo —afirmó ella.

—Está bien —prosiguió el hombre—. Nosotros, los de dirección, por llamarlo de alguna manera, vivíamos en la misma casa. De ella se ocupaba Burkhardt Fischer, un alemán procedente de Namibia. Estaban también su mujer, Marcia, una surafricana llamada Carla Smit, el estadounidense y yo.

»Nos llevábamos todos bastante bien, aunque yo no le caía bien a Burkhardt. Intentó librarse de mí en cuanto llegué, pero yo había firmado un contrato con la Fundación y no lo rescindieron. Les contó calumnias sobre mí, pero no le creyeron.

»El estadounidense era muy educado. Sabía un poco de setsuana y caía bien a la gente. La surafricana se enamoró de él y empezaron a dormir en la misma habitación. Ella se ocupaba de todo, cocinaba, le lavaba la ropa y le hacía fiestas. Después empezó a interesarse por mí. Yo no lo provoqué, pero tuvimos una aventura mientras estaba con él. Me dijo que se lo diría, pero que no quería herir sus sentimientos. De modo que nos veíamos en secreto, no fue fácil, pero lo logramos.

»Burkhardt se olió lo que estaba pasando, me llamó a su despacho y me amenazó con contárselo al estadounidense si no dejaba de ver a Carla. Le dije que no era asunto suyo, y se enfadó. Dijo que volvería a escribir a la Fundación para decirles que estaba interfiriendo en el funcionamiento del colectivo. Entonces le aseguré que dejaría de verme con Carla.

»Pero no lo hice. ¿Por qué iba a hacerlo? Nos veíamos por las noches. Carla se excusaba diciendo que le gustaba pasear por la sabana a oscuras; a él no le gustaba y se quedaba en casa. Le advertía a Carla que no fuera demasiado lejos y que tuviera cuidado con los animales salvajes y las serpientes.

»Siempre íbamos al mismo sitio para estar solos. Era una cabaña que había detrás de los campos. La utilizábamos para guardar azadas, cuerdas y cosas por el estilo; pero también era un buen lugar para el encuentro de dos amantes.

»Aquella noche estuvimos juntos en la cabaña. Había luna llena y bastante luz fuera. De repente me di cuenta de que había alguien y me levanté. Gateé hasta la puerta y la abrí muy despacio. Era el estadounidense. Sólo llevaba puestos unos pantalones cortos y unas botas *veldschoens*. Era una noche muy calurosa.

»Dijo: "¿Qué haces aquí?" Yo no respondí, y de pronto me empujó y echó un vistazo dentro de la cabaña. Vio a Carla y, evidentemente, ató cabos.

»Al principio no dijo nada. Sólo miró a Carla y luego me miró a mí. Y después echó a correr, pero no en dirección a la casa, sino en dirección contraria, hacia la sabana.

»Carla me pidió a gritos que fuera tras él, y eso hice. Corría bastante rápido, pero conseguí alcanzarlo y agarrarlo por el hombro. Se deshizo de mí y se volvió a escapar. Lo seguí incluso entre arbustos espinosos que me arañaban brazos y piernas. Podría haberme clavado una espina en un ojo; era muy peligroso.

»Volví a darle alcance, y esta vez no pudo forcejear tanto. Lo rodeé con los brazos para calmarlo y así poder llevarlo de vuelta a la casa, pero se me escabulló y perdió el equilibrio.

»Estábamos al borde de una profunda zanja, un *donga*, que discurría en medio de los matorrales. Tenía aproximadamente un metro ochenta de hondo, y al tropezar cayó dentro. Miré hacia abajo y lo vi estirado en el suelo. Permanecía completamente inmóvil y no emitía sonido alguno.

»Bajé hasta él y lo observé. Estaba totalmente quieto, y cuando traté de echarle un vistazo a la cabeza para ver si se había hecho daño, ésta se ladeó en mi mano. Me di cuenta de que se había desnucado y ya no respiraba.

»Me fui corriendo para explicarle a Carla lo que había pasado. Volvimos juntos hasta el *donga* y de nuevo le echamos un vistazo. Obviamente estaba muerto, y Carla empezó a gritar.

»Cuando paró, permanecimos sentados allí, en la zanja, preguntándonos qué hacer. Pensé que si volvíamos y contábamos lo sucedido, nadie creería que el chico se había caído accidentalmente. Supuse que la gente diría que nos habíamos peleado después de que él averiguara que yo me veía con su novia. Sobre todo sabía que si la policía hablaba con Burkhardt, éste hablaría mal de mí y les diría que probablemente yo lo había matado. Y eso me habría perjudicado mucho.

»Así que decidimos enterrar el cuerpo y decir que no sabíamos nada al respecto. Yo sabía que había hormigueros por ahí cerca; en la sabana hay muchísimos y supuse que sería un buen sitio para deshacernos del cadáver. Encontré uno con facilidad, y tuve bastante suerte porque un oso hormiguero había hecho un gran agujero en el lateral de uno de los túmulos, que pude agrandar ligeramente para introducir el cuerpo. Luego lo cubrí con piedras y tierra, y rehíce el túmulo con ayuda de una rama de espino. Creo que borré todas las huellas porque el rastreador que enviaron no encontró nada. Además al día siguiente llovió, lo que contribuyó a ocultar las pistas.

»Durante los días siguientes la policía, entre otros, nos estuvo interrogando. Les dije que aquella noche no lo había visto; y Carla dijo lo mismo. Estaba conmocionada y se volvió muy reservada. No quiso volver a verme y pasó gran parte del tiempo llorando.

»Después se fue. Habló un momento conmigo antes de irse y me dijo que lamentaba haberse liado conmigo. También me dijo que estaba embarazada, pero que el bebé no era mío, sino de él; que ya debía de estar en estado cuando empezamos a vernos.

»Se marchó, y un mes después me fui yo. Me concedieron una beca en Duke; ella abandonó el país. No quería volver a Suráfrica, no le gustaba. Me enteré de que se había ido a Zimbabue, a Bulawayo, y que había aceptado un trabajo como directora de un pequeño hotel. El otro día me comentaron que sigue allí. Conozco a alguien que ha estado en Bulawayo y me dijo que la había visto de lejos.

Hizo una pausa y miró a mma Ramotswe.

—Es la verdad, mma —confesó—. Yo no lo maté. Le he dicho la verdad.

Mma Ramotswe asintió con la cabeza.

—Lo sé —repuso—. Sé que no miente. —Hizo un alto—. No le diré nada a la policía. Le he dado mi palabra y no voy a echarme atrás. Pero voy a explicarle a la madre lo que sucedió siempre y cuando me haga la misma promesa, que no irá a la policía, y creo que accederá. No creo que tenga ningún sentido reabrir el caso.

El doctor Ranta parecía claramente aliviado. Su expresión ya no era de hostilidad y quiso que mma Ramotswe le garantizara algo:

—¿Y esas chicas? —preguntó—. ¿No me crearán problemas?

Mma Ramotswe sacudió la cabeza.

—No le crearán ningún problema. Le aseguro que no tiene por qué preocuparse.

—¿Y qué hay de la declaración de esa otra chica? —inquirió el doctor—. ¿Se deshará de ella?

Mma Ramotswe se levantó y caminó hacia la puerta.

—¿De la declaración?

—Sí —respondió él—, de la falsa declaración que hizo esa chica sobre mí.

Mma Ramotswe abrió la puerta principal y miró afuera. El señor J. L. B. Matekoni estaba sentado en la furgoneta y en ese momento alzó la vista.

Mma Ramotswe bajó los escalones.

—Verá, doctor Ranta —comentó en voz baja—, creo que ha mentido usted a mucha gente, especialmente a las mujeres. Y ahora le ha pasado algo por primera vez en su vida: una mujer le ha mentido y ha caído usted en la trampa. Sé que no le hará ninguna gracia, pero quizá le sirva de lección. No existe tal declaración.

Recorrió el camino de salida y dejó atrás la verja. El doctor estaba de pie, mirándola, pero ella sabía que no se atrevería a hacerle nada. Cuando se le pasara el enfado, porque seguramente se habría enfadado, se daría cuenta de que ella le había dejado escapar y, si tenía el más mínimo atisbo de conciencia, tal vez le estaría también agradecido por haber dado carpetazo a algo acaecido hacía diez años. Pero albergaba sus dudas acerca de que tuviera conciencia, y pensó que, bien mirado, era muy poco probable.

En cuanto a su propia conciencia: ella le había mentido y había recurrido al chantaje. Y lo había hecho para obtener información que, de otra manera, no habría conseguido; de nuevo surgía ese inquietante tema sobre si los medios justifican o no el fin. ¿Estaba bien hacer algo incorrecto para conseguir el resultado óptimo? Sí, seguro que sí. Había guerras que sólo eran guerras. África había sido obligada a luchar para lograr su libertad, y nadie dijo nunca que estuviera al usar la fuerza para conseguir tal objetivo. La vida era complicada y a veces no había otra salida. Había jugado con las mismas reglas que el doctor Ranta y había ganado, al igual que se sirviera del engaño para derrotar a ese cruel hechicero en su primer caso. Era deplorable pero necesario en un mundo que estaba lejos de ser perfecto.

20

Bulawayo

Temprano, cuando la ciudad apenas si empezaba a despertarse y el cielo estaba aún oscuro, mma Ramotswe se dirigió a la carretera de Francistown en su pequeña furgoneta blanca. Justo antes de llegar al desvío de Mochudi, donde la carretera descendía hacia el nacimiento del Limpopo, el sol comenzó a alzarse sobre las llanuras y, durante unos minutos, el mundo entero se volvió de un palpitante color amarillo-dorado: los *kopjes*, las colinas, las majestuosas copas de los árboles, la hierba seca del final de la estación, el mismo polvo. El sol, una inmensa bola roja que parecía que flotaba en el horizonte, surcó luego los cielos de África; volvieron los colores naturales del día, y mma Ramotswe vio a lo lejos los familiares tejados de su infancia, los asnos junto a la carretera y las casas esparcidas aquí y allí entre los árboles.

Éste era un país seco, pero ahora, al principio de la estación de las lluvias, estaba empezando a cambiar. Las primeras lluvias habían sido abundantes. Grandes nubes de color púrpura se habían amontonado hacia el norte y el este, y la lluvia, transparente, había caído torrencialmente, cubriendo la tierra como una cascada. La tierra, reseca, había absorbido las charcas creadas por el aguacero, que hacía rielar la luz, y, en cuestión de horas, el marrón se había teñido de verde. Brotes de hierba, diminutas flores amarillas y tentáculos de enredaderas salvajes que brotaban de la reblandecida corteza terrestre y volvían la tierra verde y exuberante. Las charcas, depresiones de lodo seco, pronto se llenaron de agua fangosa, y por los lechos de los ríos, áridos canales de arena, fluía el agua de nuevo. La estación de las lluvias era el milagro anual que permitía que hubiera vida en esas áridas tierras, milagro en el que uno debía creer porque, de lo contrario, nunca llovería, y el ganado se moriría, como había sucedido en el pasado.

Le gustaba el trayecto hacia Francistown, aunque hoy conduciría tres horas más en dirección norte, cruzada la frontera, hasta Zimbabue. El señor J. L. B. Matekoni se había mostrado reacio a este viaje y había intentado persuadirla de que cambiara de idea, pero ella había insistido; había aceptado esta investigación y debía seguir adelante.

—Es más peligroso que Botsuana —le había advertido él—. Allí arriba siempre hay problemas. Primero la guerra, después los rebeldes y luego otros camorristas. Hay controles, atracos y ese tipo de cosas. ¿Y si se le estropea la furgoneta?

Aunque no le gustaba verlo preocupado, era un riesgo que tendría que correr. Aparte del hecho de que tenía la corazonada de que debía hacer el viaje, para ella era importante tomar sola esa clase decisiones. No se podía tener un marido que interfiriera en el funcionamiento de la Primera Agencia Femenina de Detectives; de lo contrario tendrían que cambiarle el nombre y llamarla la Primera Agencia Femenina (más Marido) de Detectives. El señor J. L. B. Matekoni era un buen mecánico, pero no un detective. Era una cuestión de… ¿De qué? ¿De sutileza? ¿De intuición?

De modo que el viaje a Bulawayo seguía en pie. Consideró que sabía cuidar de sí misma; muchas de las personas que se metían en líos sólo podían culparse a sí mismas. Se aventuraban a ir a ciertos sitios en donde no se les había perdido nada; decían cosas provocativas a gente peligrosa; se equivocaban a la hora de interpretar el simbolismo social. Mma Ramotswe sabía cómo desenvolverse en su entorno. Sabía cómo tratar a un joven desmesuradamente soberbio, lo que, a su modo de ver, era el fenómeno más peligroso con el que uno podía encontrarse en África. Un joven con un rifle era una mina. Si uno le hacía perder la calma —lo que no era difícil—, las consecuencias podían ser dramáticas; aunque si se le trataba correctamente —con el respeto que gente así exigía—, era posible manejar la situación. Pero tampoco se podía ser demasiado pasivo porque entonces aprovechaban la oportunidad para imponerse. Todo era cuestión de juzgar los detalles psicológicos de la situación.

Condujo durante toda la mañana. A las nueve pasó por Mahalapye, donde su padre, Obed Ramotswe, había nacido. Luego se había ido a vivir más al sur, a Mochudi, de donde procedía su mujer, pero su gente, en cierto modo todavía la de mma Ramotswe, era de ahí. Si caminara al azar por las calles de la ciudad y hablara con los ancianos, seguro que encontraría a alguien que sabría exactamente quién era; alguien que podría enmarcarla en algún complicado árbol genealógico. Aparecerían primos segundos, terceros y cuartos, lejanas ramificaciones familiares, que la unirían a personas que no había visto en su vida, y entre las que de inmediato se sentiría como en casa. Si la pequeña furgoneta blanca se estropeara, podría llamar a cualquiera de esas puertas y contar con la ayuda que, entre los batsuanos, pueden exigirse los parientes lejanos.

A mma Ramotswe le costaba imaginarse lo que debía ser estar completamente solo. Sabía que había gente que no tenía a nadie en el mundo, ni tíos, ni tías, ni primos lejanos en ningún grado; gente que *sólo se tenía a sí misma*. Muchos blancos, por alguna misteriosa razón, eran así; daban la impresión de no querer tener gente alrededor y estaban encantados de estar solos. ¡Qué solos debían de sentirse! Como los astronautas en medio del espacio, que flotaban en la oscuridad, pero sin ni siquiera ese cable plateado que los unía a sus pequeñas bombas de oxígeno y calor. Durante un instante se permitió esta metáfora, y se imaginó la pequeña furgoneta blanca en el espacio, sus ruedas girando lentamente sobre un fondo de estrellas, mientras ella, mma Ramotswe, la primera mujer detective del espacio, flotaba ingrávida y daba vueltas unida a la pequeña furgoneta blanca mediante un fino cordel.

Hizo un alto en Francistown y se bebió una taza de té en la terraza de un hotel con vistas a las vías del ferrocarril. Un tren diésel, que arrastraba varios vagones repletos de pasajeros procedentes del norte, cambió de vía; otro tren, éste de mercancías, cargado con cobre de las minas de Zambia, permanecía parado mientras su conductor hablaba bajo un árbol con un guardavía. Un perro, exhausto por el calor y con una pata herida, pasó por delante cojeando. Un niño curioso miró a hurtadillas a mma Ramotswe desde otra mesa, y salió corriendo, riéndose entrecortadamente cuando ella le sonrió.

Llegó el momento de cruzar la frontera, y de unirse a la lenta y pesada cola frente al edificio blanco en el que oficiales uniformados, entre aburridos y solícitos, revolvían sus rudimentarios formularios y sellaban pasaportes y permisos. Acabadas las formalidades, mma Ramotswe recorrió el último trecho del viaje, dejando atrás colinas de granito difuminadas por horizontes azules de contornos suaves, respirando un aire que parecía más frío, más denso, más fresco que el sofocante calor de Francistown. Y llegó a Bulawayo, ciudad de anchas calles, bordeadas por jacarandás y sombreados porches. Se instalaría en casa de una amiga que la iba a ver de vez en cuando a Gaborone; había una habitación esperándola, de frescos y lustrosos suelos rojos, y techo de paja que volvía el aire de su interior tan apacible y fresco como el de una cueva.

—Siempre estoy encantada de verla —comentó su amiga—, pero ¿a qué ha venido?

—A buscar a alguien —respondió mma Ramotswe—. Mejor dicho, a ayudar a alguien a encontrar a alguien.

—¡No se vaya por las ramas! —se rió la amiga.

—Está bien, se lo explicaré —accedió mma Ramotswe—. He venido a cerrar un capítulo.

La encontró sin dificultad, igual que el hotel. La amiga de mma Ramotswe hizo un par de llamadas y le proporcionó el nombre y la dirección del hotel. Era un viejo edificio al estilo colonial que estaba en la carretera de Matopos. No acababa de ver claro qué tipo de persona podría pernoctar ahí, pero el sitio parecía cuidado y se oían ruidos procedentes de algún bar de la parte trasera del hotel. En la puerta principal había colgado un letrero, escrito con letras blancas sobre fondo negro, que decía: «Carla Smit, establecimiento autorizado para la venta de bebidas alcohólicas». Aquí terminaba la investigación, y, como sucedía a menudo al término de las investigaciones, la escena era bastante común y mundana; sin embargo, le sorprendía que la persona buscada realmente existiera y estuviera ahí.

—Soy Carla.

Mma Ramotswe miró a la mujer, que estaba sentada frente a su mesa con una desordenada montaña de papeles delante. En la pared de detrás, colgado encima de un archivador, había un calendario con grupos de días marcados con vivos colores; un regalo de la imprenta, en letra Bodoni y en negrita: «Impreso por la Matabeleland Printing Company (Private) Limited: ¡Usted piensa y nosotros imprimimos!» Se le ocurrió que tal vez podría encargar un calendario para sus clientes: «¿Tiene alguna sospecha? Llame a la Primera Agencia Femenina de Detectives. ¡Usted pregunta y nosotras respondemos!» No, era demasiado soso. «¡Usted llora y nosotras espiamos!» No. No todos los clientes se sentían tan abatidos. «Lo averiguamos todo.» Eso estaba mejor: tenía la suficiente dignidad.

—¿Y usted? —preguntó la mujer con educación, pero con cierto recelo en la voz. «Se cree que vengo buscando trabajo —dijo mma Ramotswe para sí—, y está armándose de valor para rechazarme.»

—Me llamo Precious Ramotswe —contestó—. Soy de Gaborone y no he venido para pedirle trabajo.

La mujer sonrió.

—¡Me pasa tantas veces! —explicó—. Hay muchísimo paro. Gente que ha hecho todo tipo de cursos y está desesperada por encontrar un trabajo de lo que sea. Aceptarían cualquier cosa. Recibo entre diez y doce solicitudes a la semana; y muchas más cuando finaliza el año escolar.

—¿Se vive con precariedad aquí?

La mujer suspiró.

—Sí, desde hace ya tiempo. Hay mucha gente sufriendo.

—Entiendo —afirmó mma Ramotswe—. En Botsuana las cosas van mejor. No tenemos estos problemas.

Carla asintió, parecía pensativa.

—Lo sé. Estuve viviendo allí un par de años. Fue hace mucho

tiempo, pero tengo entendido que no ha cambiado mucho. Son ustedes afortunados.

—¿Prefería usted el África de antaño?

Carla le lanzó una mirada inquisitiva. Ésta era una pregunta política y tendría que ser prudente.

Habló despacio, eligiendo las palabras:

—No. No en lo que se refiere a la época colonial. Por supuesto que no. No les gustaba a todos los blancos, ¿sabe? Puede que yo sea surafricana, pero dejé Suráfrica para alejarme del *apartheid*. Por eso me fui a Botsuana.

Mma Ramotswe no había pretendido incomodarla. Su pregunta no iba con segundas y procuró dárselo a entender.

—No me refería a eso, sino a antes, cuando había menos gente sin empleo —aclaró—. Antes la gente tenía raíces, pertenecía a un pueblo, a una familia. Tenían sus tierras. Ahora casi todo eso se ha acabado y la gente no tiene más que una choza en las afueras de las ciudades. No me gusta esta África.

Carla se relajó.

—Ya, pero no podemos detener el mundo, ¿no cree? Tenemos los problemas que tenemos y debemos intentar aceptarlos.

Hubo un silencio. «Esta mujer no ha venido a hablar de política —pensó Carla— ni de historia africana. ¿A qué habrá venido?»

Mma Ramotswe se miró las manos y su anillo de compromiso, con el diminuto círculo luminoso.

—Hace diez años —empezó mma Ramotswe— vivía usted cerca de Molepolole, en ese sitio que dirigía Burkhardt Fischer. Y estaba usted allí cuando un estadounidense llamado Michael Curtin desapareció en extrañas circunstancias.

Hizo una pausa. Carla la estaba mirando fijamente, con indiferencia.

—No tengo nada que ver con la policía —se apresuró a advertir mma Ramotswe—. No he venido a interrogarla.

Carla se mostró impasible.

—Entonces, ¿por qué quiere hablar de esto? Sucedió hace mucho tiempo. Desapareció. Eso es todo.

—No —replicó mma Ramotswe—. Eso no es todo. No hace falta que le pregunte qué ocurrió porque lo sé perfectamente. Usted y Oswald Ranta estaban en esa cabaña cuando apareció Michael. Él se cayó en un *donga*, se desnucó, y escondieron el cadáver porque Oswald Ranta tenía miedo de que la policía le acusara del asesinato de Michael. Eso es lo que ocurrió.

Carla permaneció callada, pero mma Ramotswe se dio cuenta de que sus palabras la habían sorprendido. El doctor Ranta había dicho la verdad, verdad que ahora confirmaba la reacción de Carla.

—Usted no mató a Michael —prosiguió mma Ramotswe—. No tuvo nada que ver con su muerte, pero sí ocultó el cadáver y por ello su madre nunca pudo saber lo que le ocurrió. Y eso está mal. Pero no es ésa la cuestión. La cuestión es que puede hacer algo para compensar todo aquello. Y lo puede hacer con bastante discreción, sin correr ningún riesgo.

La voz de Carla era débil, casi inaudible.

—¿Qué puedo hacer? No podemos devolverle la vida.

—Puede hacer que termine la búsqueda de su madre —respondió mma Ramotswe—. Lo único que quiere es despedirse de su hijo. Le pasa a mucha gente que ha perdido a un ser querido. No quieren vengarse, sólo saber. Sólo quieren saber.

Carla se reclinó en la silla; miraba con desaliento.

—No sé… Oswald se pondría furioso si hablara de…

Mma Ramotswe la interrumpió:

—Ya lo sabe y está de acuerdo.

—Entonces, ¿por qué no habla él? —replicó Carla, repentinamente enfadada—. Fue él quien lo hizo. Yo sólo mentí para protegerle.

Mma Ramotswe asintió comprensiva.

—Lo sé —afirmó—. Sé que fue culpa de él, pero no es una buena persona. En lo que respecta a este tema no puede hacer nada ni por esa mujer ni por nadie. Las personas de su calaña no saben pedir perdón. Pero usted sí. Usted puede ver a esa mujer y contarle lo que pasó. Puede tratar de obtener su perdón.

Carla sacudió la cabeza.

—No veo por qué… Después de tanto tiempo…

Mma Ramotswe no la dejó continuar.

—Además, es usted la madre del nieto de ella, ¿no? ¿Sería capaz de negarle ese pequeño consuelo? Ya no tiene a su hijo, pero tiene...

—Es un niño —afirmó Carla—. También se llama Michael. Tiene casi diez años.

Mma Ramotswe sonrió.

—Deje que vea al niño, mma —suplicó—. Usted es madre. Sabe lo que es eso. No tiene motivos para no hacerlo. Oswald no le hará nada, no supone ninguna amenaza.

Mma Ramotswe se puso de pie y caminó hasta la mesa, detrás de la cual estaba sentada Carla, asustada, indecisa.

—Sabe que debe hacerlo —dijo mma Ramotswe.

Le cogió una mano con suavidad. Tenía pecas causadas por el sol, por exponerse al calor y a sitios elevados, y por el trabajo duro al aire libre.

—Lo hará, ¿verdad, mma? Esa mujer está dispuesta a venir a Botsuana. Si le aviso, en un par de días estará aquí. ¿Podría usted cogerse un par de días libres?

—Tengo a alguien que me ayuda —contestó Carla—. Podrá ocuparse de esto en mi ausencia.

—¿Y el niño? ¿Michael? ¿No estaría feliz de conocer a su abuela?

Carla levantó la vista y la miró.

—Sí, mma Ramotswe —respondió—. Tiene usted razón.

Al día siguiente volvió a Gaborone y llegó de madrugada. Rose, su asistenta, se había quedado en casa cuidando de los niños, que estaban medio dormidos cuando mma Ramotswe llegó a casa. Entró en sus cuartos con sigilo, escuchó su suave respiración y olió el dulce aroma que exhalan los niños cuando duermen. Después, agotada por el viaje, se dejó caer en la cama, con la mente concentrada aún en la conducción y los ojos moviéndose tras los párpados pesadamente cerrados.

A la mañana siguiente acudió temprano a la oficina, dejando a los niños al cuidado de Rose. Mma Makutsi había llegado todavía más pronto que ella y estaba sentada frente a su mesa, mecanografiando con eficiencia un informe.

—Estoy escribiendo la resolución del caso de Letsenyane Badule —anunció la secretaria.

Mma Ramotswe arqueó las cejas.

—Creía que quería que la escribiera yo.

Mma Makutsi frunció la boca.

—Al principio no me atrevía —confesó—. Pero el hombre vino
ayer y no tuve más remedio que hablar con él. Si lo hubiera visto llegar, habría podido cerrar la puerta con llave y colgar el cartel de cerrado; pero entró antes de que pudiera impedirlo.

—¿Y? —la acució mma Ramotswe.

—Le dije que su mujer le era infiel.

—¿Y qué dijo?

—Se enfadó. Parecía muy triste.

Mma Ramotswe sonrió con ironía.

—No me extraña —repuso.

—Ya, pero luego le dije que no hiciera nada al respecto porque
su mujer estaba haciendo esto por el bien de su hijo; que se había liado con un hombre rico únicamente para asegurarse de que su hijo tuviera una buena educación. Le dije que actuaba de forma desintere-
sada, y que lo mejor sería que dejara las cosas tal como estaban.

Mma Ramotswe parecía perpleja.

—¿Y se lo creyó? —preguntó, incrédula.

—Sí —respondió mma Makutsi—. No tiene muchas luces. Parecía bastante contento.

—No me lo puedo creer —apuntó mma Ramotswe.

—Pues créaselo —comentó mma Makutsi—. El hombre sigue
feliz y su mujer también. El niño seguirá yendo a ese colegio; y el
amante y la mujer del amante están también felices. La historia ha tenido un final feliz.

Mma Ramotswe no estaba convencida. Esta solución presentaba
grandes lagunas éticas sobre las que había mucho que hablar y discutir. En cuanto tuviera tiempo tendría que hablar largo y tendido del
tema con mma Makutsi. Era una lástima, pensó, que la *Revista de Criminología* no dedicara un apartado a los problemas que estos casos
plantean. Podría haberles escrito para pedirles consejo en tan delicado asunto. Tal vez aún pudiera escribir al editor y pedirle que creara

un consultorio sentimental; sin duda haría la revista mucho más legible.

Los siguientes días transcurrieron con tranquilidad y, una vez más, sin clientes, por lo que pudieron ponerse al día en las tareas administrativas de la agencia. Mma Makutsi engrasó su máquina de escribir y salió a comprar una nueva tetera para preparar los tés. Mma Ramotswe escribió cartas a viejos amigos y preparó la contabilidad del ejercicio, que estaba a punto de finalizar. No había ganado mucho dinero, pero tampoco había perdido, y estaba contenta y se lo había pasado bien. Eso era muchísimo más importante que un balance tremendamente positivo. «Es más —pensó—, los balances anuales deberían incluir un apartado que se llamara precisamente "Felicidad", además de otros para gastos, ingresos y similares. En su contabilidad, el de felicidad se llevaría la palma.»

Pero no podría equipararse a la felicidad de Andrea Curtin, que llegó al cabo de tres días, y al caer la tarde conoció, en la Primera Agencia Femenina de Detectives, a la madre de su nieto y a su propio nieto. Mientras Carla le explicaba a la mujer lo que había ocurrido aquella noche de hacía diez años, mma Ramotswe se llevó al niño a dar un paseo, le señaló las laderas de granito del Monte Kgale y también el agua del dique, que parecía una lejana mancha azul. Era un chico educado y de porte bastante grave, le gustaban las piedras, y a cada paso se detenía para arañar una piedra o coger un guijarro.

—Esto es cuarzo —afirmó el niño, enseñándole a mma Ramotswe una piedra blanca—. A veces se encuentra oro en el cuarzo.

Mma Ramotswe cogió la piedra y la escudriñó.

—¿Te gustan mucho las piedras?

—Quiero ser geólogo —contestó el niño con solemnidad—. A veces viene al hotel un geólogo que me enseña cosas de las rocas.

Mma Ramotswe sonrió, alentándole.

—Es un trabajo muy interesante —dijo—, parecido al mío. Los detectives también buscamos cosas.

Le devolvió la piedra de cuarzo. Al hacerlo, el niño se fijó en su anillo de compromiso y le sostuvo la mano unos instantes mientras miraba la alianza de oro con su resplandeciente piedra.

—Es una circonita cúbica —aseguró—. La tallan de forma que parece un diamante de verdad.

Cuando volvieron del paseo, Carla y la señora Curtin estaban sentadas la una al lado de la otra, y en la expresión de la estadounidense había paz e incluso alegría, que le indicaron a mma Ramotswe que había conseguido su propósito.

Bebieron té juntas, sin dejar de mirarse. El chico había traído un regalo para su abuela, una escultura de esteatita que él mismo había hecho. La mujer la cogió y le dio un beso al niño, como haría cualquier abuela.

Mma Ramotswe también tenía un regalo para la estadounidense, una cesta que, obedeciendo a un impulso, había comprado en el viaje de vuelta de Bulawayo a una mujer que estaba sentada en el borde de la carretera de Francistown. La mujer parecía apurada, y mma Ramotswe, que no necesitaba ninguna cesta, se la había comprado para ayudarla. Era una cesta botsuana tradicional, que tenía motivos decorativos en el trenzado.

—Estas pequeñas marcas de aquí son lágrimas —señaló—. Las jirafas dan sus lágrimas a las mujeres, y éstas las añaden al trenzado de las cestas.

La estadounidense tomó la cesta educadamente, con las dos manos, como se acostumbra coger los regalos en Botsuana. ¡Qué grosera era la gente que los cogía con una sola mano, como si se los estuvieran arrebatando a quienes se los daban!; esta mujer sabía hacerlo.

—Es usted muy amable, mma —dijo—; pero ¿por qué las jirafas dan sus lágrimas?

Mma Ramotswe se echó a reír; nunca había pensado en ello.

—Supongo que significa que todos podemos dar algo —explicó mma Ramotswe—. Una jirafa no puede dar más que sus lágrimas. —Se preguntó si querría decir eso. Y durante unos instantes se imaginó a una jirafa asomándose entre los árboles, con su extraño y zancudo cuerpo camuflado entre las hojas; sus húmedas mejillas de terciopelo y sus ojos llorosos; y pensó en todas las risas, en toda la belleza y en todo el amor que había en África.

El niño miró la cesta.

—¿Es eso cierto, mma?

Mma Ramotswe sonrió.

—Eso espero —contestó.

Visite nuestra web en:

www.umbrieleditores.com